KB274660

전병헌의
비타민 발전소

전병헌의 비타민 발전소
전병헌 지음

초판 인쇄 | 2010년 02월 05일
초판 발행 | 2010년 02월 10일

지은이 | 전병헌
펴낸이 | 신현운
펴는곳 | 연인M&B
디자인 | 이희정
기 획 | 여인화
등 록 | 2000년 3월 7일 제2-3037호
주 소 | 143-874 서울특별시 광진구 자양동 (680-25호(2층)
전 화 | (02)455-3987 팩스 | (02)3437-5975
홈주소 | www.yeoninmb.co.kr
이메일 | yeonin7@hanmail.net

값 12,000원

ⓒ 전병헌 2010 Printed in Korea

ISBN 978-89-6253-048-3 03810

전병헌의 비타민 발전소

전병헌 지음

연인 M&B

　어느 한 전문지가 교수 등 지식인 200여 명을 상대로 지난 한 해를 잘 나타내는 사자성어로 '방기곡경(旁岐曲逕)'을 선정했다고 한다. 이는 사람이 많이 다니는 큰 길이 아닌 샛길과 굽은 길을 뜻한다. 정당하고 순리에 따라 일하지 않고 그릇된 수단을 이용하여 억지로 함을 비유한다고 한다. 굳이 '방기곡경'이라는 말을 차용하지 않더라도 지난 한 해는 민주주의와 인권은 고사하고 기본적인 상식, 세상이 돌아가는 순리가 무너지는 광경을 너무 많이 보아왔다. 특권과 편법이 난무하고 오래된 민주화의 노력이 한순간에 물거품이 된 심각한 위기가 현실로 다가왔다.

　그리고 무엇보다 두 분의 전직 대통령이 연이어 서거하셨다. 민주 정부 10년이 와락 무너지는 듯한 섬뜩한 경험이었다. 퇴행과 역류의 풍랑 속에서 그나마 생존할 수 있다는 희망의 메시지를 보내주던 칠흑 속 바닷가의 등대가 사그라진 느낌이었다. 불길한 예감은 용산 참사의 절규가 355일 만에 겨우 장례식을 치러야 했던 대한민국에 우리가 서 있음을 확인해 주었고, 여야의 오랜 논의와 합의로 이뤄낸 세종시 계획이 하루아침에 요상한 재벌 특혜 신도시 건설계획으로 둔갑하는 현실을 감내해야 했다. 국민의 상당수가 반대하는 '4대강 공사'에 혈세가 들어가는 것을 정초 새벽에 뜬눈으로 지켜봐야 했다.

대한민국이 어디로 가는 것인지, 아니 앞으로 가고는 있는 것인지 불안해하는 국민들의 절망 섞인 한숨 소리가 더 가까이 들리고 더 크게 들려올쯤 정치를 하는 한 사람으로서 송구함과 민망함은 감출 수 없었다. 그래서 몇 번의 망설임 끝에 시작한 것이 블로그였다. 거창하게 소통이라 할 것도 없고 그저 국민과 가까이서 서로 사그라져가는 희망의 불씨를 호호 불어 이 겨울의 냉기라도 녹일 수 있었으면 좋겠다고 생각했다. 이 역사적인(?) 퇴행을 함께 기록하고 기억을 나눠 우리의 힘을 조금이라도 모을 수 있기를 기대했다. '다음'에 자리 잡은 블로그는 불과 몇 개월 만에 수십만 명이 방문했다. 기대하지 않았던 블로그의 선전으로 민주당 파워블로거 대상에 선정되기도 했다.

블로그와 함께한 네티즌과 주위의 권고로 용기를 내었다. 이 추운 계절에 서로의 온기를 비벼 조금씩만이라도 더 따뜻해지자는 소박한 뜻을 담아 책 모음집을 내었다.

비타민은 우리 생활에 꼭 필요한 영양소이다. 있으면 있는 듯 마는 듯 별 탈 없지만, 없거나 부족하면 바로 결핍증세가 나타난다. 정치도 비타민과 같아야 한다. 선현께서 왈(曰), 가장 상선(上善)의 정치는 백성들이 정치가 있는지 없는지 모르는 경지라고 한다. 그러나 정치가 실종되거나 부재와 갈증을 느낄 때면 세상은 어그러지고 순리가 역치되기도 한다. 거꾸로 정치가 지나쳐도 세상은 순탄하지 않다. 정치가 상식을 뒤엎고 법을 업신여기고 민심을 거스른다면 언젠가 그 정치는 반드시 몰락하기 마련이다. 우리 몸이 과다 혹은 과소영양으로는 정상적인 체력을 유지할 수 없는 것과 마찬가지다.

국회의원이 되면서 생활에 꼭 필요한 비타민 같은 정치를 하겠다고 다짐했다. 사람들이 정치를 경원하고 원망하더라도 정치는 숙명적으로 사람 속으로 들어가야 존재의 의미를 획득한다. 정치가 스스로 고매해지고 거대 담론으로 숨을수록 진정한 정치가 설 자리를 잃기 마련이다. 보수화된 정권의 수구적 행각에 비록 당분간 절망적이라 할지라도 민주 진영이 가야 할 길은 궁극적으로는 정권을 잡는 것이지만, 그것보다 더 중요한 것은 수권의 흐름을 국민들의 생활로부터 만들어내는 일이다.

지금은 정치 과잉의 시대임에 틀림없다. 필요 이상의 정치가 난무하여 법과 상식을 농락하고, 역사와 품격마저 능멸하는 지경에까지 이르렀다. 그러면서도 정작 국민의 생활은 돌보지 못하고 있다. 생활은 작지만 강하다. 생활정치를 굳이 영어로 쓰자면 'Small Policy' 혹은 'Small Politics'이다. 말 그대로 '작은 것'이다. 작지만 강하다. 아니, 작기 때문에 강한 것이 아닐까 싶다. 작은 것을 제대로 돌보지 못하면 큰 것도 없다는 단순한 진리를 말하고자 하는 것이 아니다. 정치가 이제는 국민들 생활 속으로 내려와야 한다. 좌냐 우냐 고질적인 이념 대립이 아니라 '하향하'의 정신으로 작은 것부터 보듬을 줄 알아야 한다.

이 책의 첫 편인 〈비타민 정책 칼럼〉은 우리 사회를 들끓게 했던 미네르바 사건부터 언론 악법 반대 투쟁에 이르기까지 야만의 시대에 거듭된 문화·사상적 후퇴를 지적하고 청와대 근무 경험을 바탕으로 현 대통령이 좋은 대통령이 되는 법을 역설적으로 조언하기도 했다.

블로그 모음글인 〈소통의 시대, 생활을 말하다〉는 소통이 절실한 시대에 살고 있음을 직시하며, 그 소통의 내용은 바로 우리의 삶, 생활이어야 함을 이야기하고자 했다. 정치인의 블로그가 정치만 이야기한다면 그 순간부터 환영받는 블로그가 될 수 없다. 네티즌과 함께 공유하고 공감할 수 있는 소재를 발견하고 이를 통해 우리 생활 속 그릇된 가치관과 부조리를 정직한 시선으로 보고자 했다.

〈불통의 시대, 저항을 말하다〉 역시 블로그 모음글이다. 민주주의와 인권, 헌법적 기본 가치의 후퇴와 퇴행을 강요하는 불통의 시대가 저항을 부르는 것은 당연한 것이다. 저항 역시 블로그를 통해 네티즌과의 소통으로 힘을 갖게 됨을 생생하게 경험했다. 언론 악법을 막기 위해 숨 막히는 본청 점거를 들어갔을 때에도 블로그는 바깥 세상의 생생한 공기가 드나드는 통로였다. 어느 순간부터 〈전병헌 블로그〉는 그 신속도와 정확도 측면에서 기존 매체와 경쟁하기 시작했다면 지나친 자만일까?

언젠가 반드시 이 퇴행의 역사를 기록해야 한다는 의무감이 생겼다. 그것이 민주 진영을 향한 호소일 수도 있고 국민 다수를 향한 절규일 수도 있다. 우리가 변해야 하는 것과 지켜야 할 것을 스스로 분별하고 이 '방기곡경'의 세상을 반드시 바로 잡겠다는 의지를 다시 세워야 한다. 끊임없이 기록하고 성찰하는 마음으로 졸저임에도 용기를 내어 이 책을 펴냈다. 부디, 많은 질타와 응원을 기대한다. 아울러 독자 여러분 모두 새해에는 '방기곡경'을 헤쳐나와 '탄탄대로'를 걸으시기 바란다.

2010년 새해

국회의원 전병헌

CONTENTS

CONTENTS

1 : 비타민 정책 칼럼

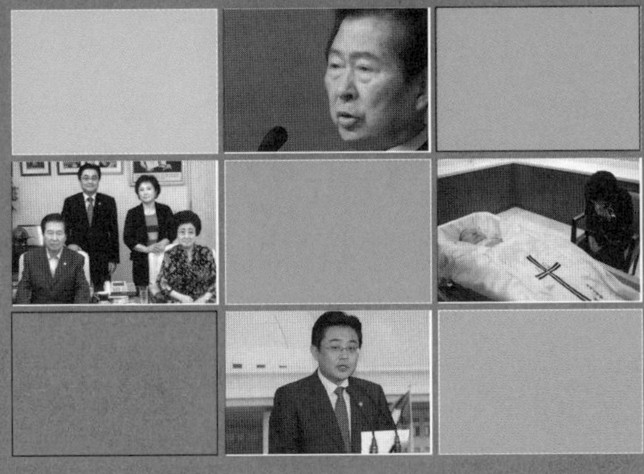

창조적이고 생산적 리더십으로
국민의 새로운 꿈과 희망을 모아낼 수 있는 정책과 비전을 만들어내야
다음 큰 선거에서는 반사이익이 아닌 '자체발광' 으로 승리할 수 있을 것이다.

민주당이 갈 길은
'우향우'가 아니라 '하향하'

　지난 1일 정세균 민주당 대표는 기자간담회에서 '과감한 변화'를 선언했다. 재보궐선거와 헌법재판소 결정 등 굵직한 현안들이 일단락되고 국회 대정부 질문과 내년도 예산안 심사를 앞둔 시점에서 새롭게 각오와 다짐을 밝히는 자리였다.

　10·28 재보선 결과의 의미는 기본적으로 이명박 정권의 1년 반 국정 운영에 대한 중간평가이자 실정에 대한 심판이었다. 이명박 정권의 독선적 국정 운영과 반서민정책에 대해 쌓인 실망감이 급격한 민심 이반 현상으로 나타났다. 방송 장악, 정보수사기관의 도·감청, 인터넷 통제 등 민주주의의 후퇴에 대해서도 단호히 반대하는 표심이 드러났다. 특히 수도권에서의 민심 이반 현상은 내년 지방선거는 물론 그 이후의 정치 지형의 변화까지 몰고 올 정도의 수준이라는 것이 당 안팎의 평가였다.

　그러나 우리는 민주당의 승리가 민주당에 대한 국민의 온전한 지지 때문이 아니라는 걸 잘 알고 있다. 재보궐 민심은 여권 뿐만 아니라 민주당에게도 변화를 주문했다. 거리에서 만난 민심은 좌우의 경계를 두지 않았다. 민생이 피폐화·양극화되는 암울한 상황을 막아 달라는 것이었다. 거대 담론과 정치 구호가 아닌 구체적인 생활 속에서의 '정치의 결실'이 구현되기를 바라고 있었다.

정세균 대표가 진보 개혁의 표현을 삼갔다고 해서 '과감한 변화' 선언을 '우향우'의 징후로 보는 시선도 있다. 그러나 이는 국민의 생활 속에서 정치를 구현하자는 '하향하 정치'를 선언한 것이다. 민주당은 수권정당으로서의 비전, 중산층·서민을 위한 대표적 브랜드 정책, 범민주 진영과 중도를 아우르는 리더십의 부족에 대한 비판과 조언을 겸허히 받아들인다. 정 대표의 선언은 바로 이러한 현실 인식에서 시작한다.

작년 7월에 선출된 민주당 지도부는 대통령 선거와 총선 패배 이후 당내에 팽배한 패배주의를 극복하고 당내외의 정치적 분열을 치유하고 통합하는 데 골몰해 왔다. 일종의 전열 정비였던 셈이다. 국회에서 늘 소수 야당의 한계에 부닥칠 수밖에 없었지만, 그래도 지난 두 차례의 재보궐선거에서 선전하면서 자신감을 회복하는 단계다. 이제 '하향하' 정치는 구체적인 정책과 대안을 갖고 국민의 생활 속에서 인정받고 지지받는 정당으로 거듭나자는 것이다.

두 전직 대통령의 서거와 두 차례의 재보선을 거치면서 우리는 지난 민주 정부 10년의 업적과 유산이 국민들에게 자리잡아가고 있다고 느낄 수 있었다. 정세균 대표가 "민주 정부 10년에 얽매이지 않겠다."고 말한 것은 이런 맥락이다. 언제까지 민주당이 민주 정부 10년의 유산에만 기대어 살 수는 없는 노릇이다. 이념 청산이나 과거 청산 쯤으로 오해하지 않길 바란다.

'과감한 변화'는 당의 단결과 존립을 우선해야 했던 수준에서 이젠 국민의 기대에 맞는 알파(α)를 더하겠다는 것이다. 창조적이고 생산적 리더십으로 국민의 새로운 꿈과 희망을 모아낼 수 있는 정책과 비전을 만들어 내야 다음 큰 선거에서는 반사이익이 아닌 '자체발광'으로 승리할 수 있을 것이다. 국민과 함께하는 역동적인 수권정당이 되기 위한 노력에 애정을 갖고 지켜봐 주시길 바란다.

* 2009. 11. 13

2010년
정치 · 정국 전망

　내년은 경인년, 백호랑이띠 해다. 한국전쟁이 일어난 1950년이 백호랑이띠 해라는 이유로 일부 호사가들은 60년 만에 찾아온 내년 역시 대격동의 해가 될 것이라고 점친다. 아니나 다를까 4대강 공사와 세종시 문제와 같은 지역과 계층을 관통하는 대형 이슈가 버티고 있다.

　집권 3년차를 맞은 이명박 정권은 이미 내년 지방선거를 위해 올인 전략을 펼치고 있다. 내년도 최대 국정 목표를 '지방선거 승리'로 삼고 사실상 정국 관리에 들어간 모양새다. 현 정권에 대한 중간평가 성격을 지닌 지방선거가 여권에게 불리할 것이라는 것이 일반적인 전망이다. 그러나 현재 시점의 전망일 뿐, 앞으로 5~6개월 동안 민심이 어떻게 요동칠지는 누구도 예측하기 어렵다. 그런 점에서 여권은 적어도 '패배의 최소화'를 위한 방어, 혹은 그 이상을 위한 공격을 준비하고 있는 것이다.

　현재 정부발로 터져 나오는 이슈들은 야권과 시민사회가 대응에 한계를 느낄 정도로 야권의 지방선거를 위한 전열 정비의 타이밍과 기회를 앗아가고 있음을 직시해야 한다. 정부 여당은 친서민정책 등 서민 현혹 정책을 지속함과 동시에 철도파업 강경 대응 및 노동 악법 추진 등으로 보수 세력과 재벌의 지지를 확대해 가고 있다. 아울러 집권 이후 줄기차게 노려온 언론·방송장악과 비판적 시민사회단체에 대한 감시 강화, 정부보조금 지원 중단, 전 정권 핵심인사에 대한 전방위적 조사와 수사를 통해 비판 세력의 싹을 자르려 하고 있다. 여기에 현 정권에 비우호적 지역은 해당 지역 고유의 이해관계를 매개로 한 분열과 고립정책을 추진하고 있다.

세종시 백지화를 위해 '충청 대 비충청' 구도를 조장하여 충청권을 고립시키고, 4대강 공사 중 호남지역 영산강 띄우기를 통해 호남 내의 4대강 공사에 대한 반대 여론을 분열시키고 있다. 세종시와 4대강이 내년 지방선거에서 반정부 투표를 이끄는 전국적 이슈가 되는 것을 막으려는 의도가 깔린 것이다.

반면, 야권은 대통령과 정부 여당의 일방 독주식 국정 운영과 거대 여당의 의회 독재가 심화될수록 이에 대항할 수 있는 마땅한 방법과 대안을 찾기가 더욱 어려워지고 있다. 야당의 정당한 저항조차 '국회 폭력'이라는 굴레가 씌워져 거대 여당의 상습적인 다수결 폭력을 막는데 어려움을 겪고 있다.

민주당을 비롯한 개혁 진영이 국민이 진심으로 공감하고 지지할 수 있는 정치적 대안체제를 마련하지 못한다면, 지난 2007년 대선과 18대 총선에 이은 '민주 세력의 위기'를 다시 맞이할 수 있다. 이명박 정권 초기 미국산 쇠고기 파동 등 각종 반서민·반민주·친재벌정책은 야 4당과 시민사회로 하여금 '반MB연대'를 구축하게 했지만, 초반의 기세와 달리 이후 이렇다 할 성과 없이 느슨한 수준에 머물러 있다. 지방선거를 불과 몇 개월 앞두고 시민사회의 독자적인 정치 세력화, 국민참여당의 창당 등의 움직임은 오히려 범개혁 진영의 구심력을 약화시키고 원심력을 강화시키지 않을까 우려를 낳고 있다.

이런 흐름과 함께 최근 범개혁 진영에서는 '연합정치'에 대한 관심이 높다. 연합은 상호 독립적인 개별 주체가 공동의 목표 달성을 위해 일시적으로 힘을 합치자는 뜻이다. 비 올 때 우산은 같이 쓰더라도 한 지붕에는 살지 않겠다는 의지이기도 하다. 민주당에 대해 기득권을 포기하라고 압박하지만, 정작 자신이 갖고 있는 기득권은 유지하겠다는 뜻으로 오해받을 우려도 있다. 그렇기에 범개혁 진영이 서로 신뢰와 진정성을 갖고 한 지붕 아래 뭉치지 않는다면 국민들이 우산만 같이 쓰는 '연합정치'의 틀을 과연 얼마나 신뢰하고 구매(투표)를 할지는 미지수다.

내년은 여야 모두 전당대회가 열린다. 새로운 당대표의 선출로 실종된 정당정치를 복원할 것인지 지켜봐야 한다. 특히, 민주당은 이명박 정권의 권력·자본지향형 정치에 맞설 건강한 정치적 흐름을 만들어 대안견제 세력으로 자리매김해야 하는 과제가 있다. 민심과 당심을 얻기 위해서는 거대 담론의 구호보다는 생활정치의 정책과 비전을 보여줘야 한다.

생활정치는 생활을 정치에 끌어오는 것이 아니라 정치가 생활로 내려가는 것이다. 지역과 생활에 밀접하게 결합된 정치만이 여의도 정치를 독식하고 있는 거대 여당의 폭력에 대항할 수 있다. 결국, 정부

여당의 독선적 밀어붙이기에 맞설 대안견제 세력의 구축과 지방선거에서의 국민의 선택이 향후 정국의 주요 변수가 될 것이다.

6월 지방선거를 중심으로 전개될 내년 정국은 결국 국민의 복지와 민주적 기본권이 참담하게 후퇴하느냐, 고군분투의 회복을 하느냐를 가르는 중대 분수령이 될 것으로 보인다.

* 2009. 12. 21(시사IN 기고)

한국언론진흥재단은
한국언론장악재단인가?

—MB 특보 출신 이사장 임명은 언론의 독립성 훼손 우려

2009년 11월, 두 개의 주요 자리에 대한 공모가 진행 중이었다. 하나는 방송의 핵심이라 할 공영방송 KBS의 사장 자리이며, 또 하나는 한국언론재단과 신문발전위원회, 신문유통원 등을 통합한 한국언론진흥재단의 이사장 자리이다. 정권의 의도대로 '내정'된 낙하산 인사가 '공모'라는 형식적인 절차를 밟고 있었을 뿐이었고, 결국 두 자리 모두 이명박 대통령의 언론특보들에게 나눠졌다.

정권의 의도대로 인사를 행사할 수 있는 공영방송 KBS는 이미 정연주 사장을 불법 강제 해임시킨 후 그 짧은 임기에 그친 이병순 체제에서조차 권력의 나팔수를 마다하지 않는 권영방송으로 전락한 지 오래였다. 한편, 방송문화진흥회를 통한 MBC에 대한 전방위적인 압력은 경영진에 대한 사실상의 불신임을 행사하며 공영방송의 친정권화를 획책하고 있다.

남은 것은 신문에 대한 옥죄기, 이미 신문시장의 절대 과반을 친정권

보수신문들이 과점하고 있는 상황에서 일부 비판적 매체에 대한 직간접적 통제와 관리가 필요했을 것이다. 이른 바 자전거와 상품권으로 상징되는 신문매체 간의 불공정 경쟁과 불균형 발전은 여론 다양성을 심각하게 왜곡해 왔다. 여론 다양성을 복원하고 중앙지 간, 혹은 중앙지와 지방지 매체 간 균형발전 등을 위해 신문발전위원회와 신문유통원이 설립되었지만, 정권이 바뀌자 사실상 사라지게 된 것이다.

신문매체의 지원과 발전을 위해 설립된 3개 기관이 통폐합되어 새로 설립된 한국언론진흥재단은 위기에 처한 신문산업에 대한 체계적 지원과 진흥 방안을 모색할 필요가 있다. 그러기 위해서는 사회적 공기로서 개별 신문의 독립성과 공정성에 영향력을 미치지 않는 범위 내에서 고른 지원과 진흥이 이뤄져야 한다. 그런데 재단이 신문산업에 대한 중립적 지원 역할을 벗어난다면 문제가 아닐 수 없다. 특히, 대통령 특보 출신이 이사장으로 청와대 행정관 출신이 본부장으로 앉아 있다면 그 중립성과 공정성을 의심하지 않을 수 없다. '대통령 특보' 출신이 뭐가 문제냐는 식의 태도로는 현재의 우려를 잠재울 수 없다.

이미 이명박 정권 들어서 구 한국언론재단은 연간 200여 억 원이 넘는 정부광고 대행을 통해 일부 친정부 성향의 매체에만 편중 지원하는 등의 모습을 보인 바 있다. 이런 행태로는 기금지원대상 사업매체를 선정하는 과정에서도 중립성과 객관성을 신뢰하기 어렵다. 또한, 지역신문들은 공배센터 등 유통원 사업이 메이저 신문사들이 취약한 지역에 집중되어 오히려 매체 간 불균형을 더욱 심화시킬 것을 우려하고 있다.

　이명박 정권에 도대체 얼마나 많은 낙하산 대기자들이 줄지어 서 있는지 모르겠다. 그러나 방송사 및 언론 유관기관에 대한 낙하산은 일반 공기업 및 산하기관의 낙하산과는 차원이 다르다. 여론에 영향을 미치거나 미칠 가능성이 높은 방송 및 언론기관에 정치적 중립성이 담보되지 않으면 여론의 민주적 형성이라는 헌법적 가치와도 위배된다. 정권의 전리품으로 삼기에는 언론의 독립성은 너무나 소중하고 양보하기 어려운 가치임을 깨달아야 할 것이다.

* 2010. 1. 11

속 보이는 이명박 정부의
'남 탓, 격노의 정치학'

이명박 정부의 내 탓이 날이 갈수록 점입가경이다. 정치, 경제, 외교, 사회 분야 어디랄 것도 없이 여기저기에서 둑이 무너지고 물이 줄줄 새는 총체적인 국정 난맥상에 빠져들었는데도 이명박 정부는 제대로 된 처방이나 대책 대신 '남 탓' 타령에 '격노'만 하고 있으니 국민들은 답답하지 않을 수 없다.

서민 경제에 직접적인 큰 고통을 주고 있는 고유가의 원인을 규명하기 위한 〈국회 고유가 청문회〉를 거부하며, 고유가의 원인을 이전 정부의 탓으로 돌리고 있다. 또한, 일본의 독도 침탈에 대해서도 전임 정부의 신 한일어업협정 탓으로 돌리고 있다. 심지어 경제 수장의 비정상적인 고환율정책과 은행권의 무분별한 영업으로 수조 원의 피해를 입은 중소기업들에게 'KIKO' 피해의 책임을 돌리고 있다. 이명박 정부의 '남 탓'은 미국산 쇠고기 수입 협상 실패에서 정점으로 치닫는다. 협상 실패에 대한 국민적 분노가 촛불집회로 나타나자 '배후론' 운운하더니 한 방송사의 프로그램을 먹잇감 삼아 마녀사냥을 하고, '설거지론'으로 이전 정부의 책임을 근거 없이 유포하고 있다.

이쯤 되면 정말 실용 정부가 표방하는 실용은 요즘 유행하는 '되고 송'처럼 "책임은 떠넘기면 되고, 잘못은 남 탓하면 되고"이다.

동시에 이명박 정부는 '격노 정부'가 되고 있다. 화도 잦으면 병이 된다고 했던가. 이명박 대통령은 금강산 피살 지연 보고에 격노하고, 독도 문제도 격노하고, 심지어 여야 원내대표 간의 개원협상 결과에도 격노했다고 한다. 이명박 정부의 '격노의 정치학'은 일종의 계산된 설정일지도 모른다. 정부의 무능과 실패의 근원적 원인인 이명박 대통령을 보호하기 위해 실정(失政)의 책임과 선을 긋는 계산된 표현일 수도 있기 때문이다. 마치 대통령이 여느 국민과 다르지 않게 화를 냈고 잘못은 정부 관료나 북한과 일본 등 외부 세력에게 있다는 식의 뉘앙스를 풍기는 것이다. 이러한 대통령의 격노는 본인보다는 주로 대변인과 주변 측근들의 입을 통해서 계획적, 의도적으로 알려지기 마련이다. 마치 우리의 대통령은 잘못과 아무런 관련 없다는 것처럼……

촛불집회가 좀 시들해지고, 야당도 국회에 들어온 마당에 거리낄 것 없는 이명박 정부에게 진지한 반성과 자성은 간곳없다. 오로지 남 탓과 격노만이 오만과 무능의 그늘 속에 숨어 독버섯처럼 국정을 갉아먹고 있는 것은 아닌지 묻지 않을 수 없다.

특히, 한나라당은 고유가 청문회를 거부하며 고유가 문제를 야당이 정쟁화한다고 주장하지만, 정작 한나라당은 고유가 책임을 전임 정부 탓으로 돌리며 먼저 정쟁화를 시도하고 있다. 또한, 두 달여 간의 국회 공전에 마침표를 찍을 여야 원내대표 회담이 타결 직전에 청와대의 격노로 결렬되었다는 사실에는 분노와 원망이 앞설 뿐이다.

여야 협상 결과가 마땅치는 않지만 "원칙과 국회법을 위반한 특위 인사청문회를 받아들이기는 어렵지만 장기간의 국회 공전을 막고 국정에 대한 야권과 국민의 충고를 수렴하는 대승적 차원에서 여야의 협상 결과를 받아들인다. 여야는 국회를 하루속히 정상화해서 시급한 민생법안 처리를 포함해 민생의 어려움 해소에 적극 나서기 바란다."는 정도의 입장을 보였다면 어땠을까?

참으로 아쉽고 갑갑하다. 도대체 정무수석을 비롯한 청와대의 참모진은 무엇을 하는지 모르겠다. 남 탓과 격노만 할 거면 무엇을 하러 집권했는지 묻고 싶다. 그렇다면 한마디로 '잃어버린 10년'을 말할 자격도 없다. 이명박 대통령의 집권 이후에 벌어진 모든 실정의 최종적인 결정과 판단의 주인공은 바로 이명박 정부이다.

또한, 남북 문제나 외교 문제는 항상 긴장과 균형을 이루지 못하면 넘쳐나거나 모자라기 마련이다. 이전 정부에서 잘못된 것이 있었다면 얼마든지 바꾸고 고칠 수 있는 권력과 정보가 있었다. 그럼에도 남 탓과 격노만 한다면 당장의 책임은 피하는 것처럼 보이겠지만, 국민의 냉엄한 심판은 피할 수 없을 것이다.

부디 하루 속히 '남 탓 증후군'과 습관성 '격노 증후군'에서 벗어나 스스로 실책을 인정하고 책임지고 해결하려는 정부, 당당한 국정 최고책임자의 모습을 답답해진 국민들은 간절히 바라고 있음을 깨닫기 바랄 뿐이다.

* 2008. 8. 8

강만수 장관 교체가 이명박 대통령과 국민에게 이로운 5가지 이유

―전 청와대 국정상황실장이 현 대통령에게 드리는 고언

극단적으로 말하면 정치란 민심을 헤아리는 기술이다. 이명박 정부는 유감스럽게도 민심을 헤아리는 수련이 아주 부족해 보인다. 대통령을 위해서나 국민을 위해서나 매우 걱정되는 대목이다. 실패한 경제 운용으로 경제팀 교체를 요구했던 민심을 또 한 번 어이없게 만들었다. 대통령은 그렇다 치더라도 청와대 참모진은 무엇을 하는지 모르겠다.

대통령의 18대 국회 개원 시정연설을 들으며 많은 생각들이 떠오른다. 대통령을 수행한 청와대 참모진들을 보면서 청와대 시절이 떠올랐다. 김대중 대통령에게 수많은 보고서를 올렸던 기억이 새롭다. 김대중 대통령은 지금도 나를 보면 당에서나 청와대에서나 참 좋은 보고서를 많이 만들어 주어서 고맙게 생각한다는 말씀을 하시곤 한다. 그 말씀은 내 인생에 소중한 보람으로 남아 있다. 국민의 정부 시절 청와대 국정상황실장을 지냈던 경험에 비추어 본다면 나는 지금과 같은 상황에서 대통령에게 다음과 같은 요지의 보고서를 몇 번이고 올렸을 것 같은 심정이다.

첫째, 국민의 고통지수와 물가상승률이 IMF 이후 최고치를 기록하고 있어 야당과 언론의 강 장관 교체 요구에 대한 국민의 공감대가 매우 큰 상태임. 쇠고기 사태로 시작된 국민적 불만이 고유가, 고물가, 노동파업 등으로 국민의 불만과 불안감이 극대화되고 있는 상황임. 야당과 언론의 요구인 강만수 장관의 경질을 통해 이러한 국민적 불만과 불안감을 해소하고 새로운 경제 운용에 대한 기대감을 형성하여 민심을 진정시킬 필요가 절실한 시점임.

둘째, 70~80년대 관치경제의 틀을 벗어난 우리 경제의 운용은 정부의 정책집행 효과 못지않게 신뢰받는 장관의 말 한마디, 한 마디(메시지)의 파급효과를 통한 경제 운용이 매우 중요함. 지난 5개월 여의 고환율정책을 비롯한 경제 운용 전반에 대한 시장의 불신이 매우 높아 시간이 갈수록 강 장관의 정책집행 효과는 영향력이 현저히 떨어질 것임. 야당은 물론 여당 내에서조차 교체를 요구하고 있는 불신 받는 강 장관으로는 고유가를 비롯한 어려운 국제 경제 환경에 대한 설명조차 국민을 설득해내기가 어려운 실정임. 시장의 신뢰를 잃은 경제 장관의 교체는 빠르면 빠를수록 대통령의 통치의 부담을 줄이고 국민의 신뢰 회복에 좋을 것임.

셋째, 강 장관이 유임하는 동안 야당과 언론, 그리고 일부 여당 내에서조차 교체 요구가 반복 지속되면 향후 이명박 정부의 경제적 성과의 유무와 관계없이 이명박 정부의 경제정책 실패에 대한 규정과 인식이 고착되어 이후의 경제적 성과를 이끌어낼 수도, 국민의 신뢰를 받기도 어려울 것임. 결과적으로 초기 경제 운용 실패의 상징이 되어버린 강 장관을 끌고 가는 한 이명박 정부가 목표한 성공한 경제 대통령으로 인식되기에는 사실상 불가능하게 만드는 요소로 작용할 우려가 있음.

넷째, 쇠고기 민심과 어려운 민생 문제로 총리를 비롯한 전 각료의 일괄 사표는 당초 대폭 개각에 대한 기대감을 극대화시켰으나 3인의 소폭 개각으로 마무리한 것은 국민적 실망을 넘어 기만감을 주었음. 특히 장관 대신 차관의 경질은 강 장관에 대한 대리경질 성격으로 인하여 차관을 교체하지 않은 것만도 못한 결과를 초래하였음. 정국의 분위기를 전환시키고 민심을 관리하는 효과적 수단인 개각카드가 이번에는 오히려 민심을 더욱 악화시키는 개악이 되었음. 차라리 소폭 개각을 준비하다가 민심수렴형 대폭 개각 기조로 전환했던 것이 훨씬 바람직한 결과를 낳았을 것임. 이번 개각 형태로는 민심을 수렴하겠다는 대통령의 메시지를 전달하는 것은 불가능함.

다섯째, 대폭 개각 기대를 주었다가 소폭 개각이 되어버린 상당한 부작용이 오히려 강 장관에 대한 단순경질 문제로 여론의 관심이 집중되고 있기 때문에 강 장관을 교체함으로써 이번 개각의 부작용을 털고 어려운 경제에 대한 희망과 기대를 새롭게 만들어갈 수 있는 절호의 기회로 만들어야 함. 여권 내부, 또는 청와대 내부에서 강 장관 자진사퇴설이 본격적으로 거론되도록 하는 방안도 검토할 필요가 있음.

야당 의원의 입장에서는 여기에 더해 5가지 정도 교체 이유를 더 달 수 있겠으나 청와대 경험자로서 청와대 입장의 시각에서만 정리해 보았다.

나는 이 같은 기조의 보고가 이명박 대통령에게 전달되고 있는지 궁금하다. 취임 일성으로 민심을 있는 그대로 전달하겠다고 말했던 정정길 대통령 실장이든, 여권에서 소통의 기대를 모으고 있는 문광위에서 함께 활동한 박형준 홍보기획관이든, 대학 동창인 김해수 정무비서관이든 이러한 기조의 보고를 해 주길 바란다. '읍참마속' 으로서 대통령의 통치 부담을 덜어주어야 한다. 왜냐하면, 이명박 대통령이 실패하지 않기를 바라기 때문이다.

　대통령의 실패는 실패의 고통이 대통령에게 돌아가는 것이 아니라 고스란히 죄 없는 국민에게 돌아간다. 특히 IMF 전야의 경제상황 같다고 말하는 실물경제 현장에서 일하는 지인들의 걱정스런 불안감을 어렵지 않게 접한다. 잘못된 정치로 IMF와 같은 경제 실패의 고통을 우리 국민이 또다시 짊어지게 하면 안 된다는 간절함 때문이다. 국민이 고통당하고 나라가 위기에 처하는데 여당, 야당이 무슨 필요가 있겠는가. 이명박 대통령이 민심을 읽는 기술, 곧 정치 경험이 부족하다면 참모들이 그것을 채워주길 기대해 본다.

* 2008. 8. 8

지식채널ⓔ는
보존되어야 한다

나는 지식채널ⓔ를 사랑한다. 나 뿐만 아니라 많은 시청자들이 지식채널ⓔ를 사랑한다. 짧은 방송시간임에도 함축적인 영상 속에 역사와 시사가 함께 숨 쉬는 메시지는 가히 여타 프로그램을 압도한다. 그렇기에 많은 사람들이 지식채널ⓔ를 EBS 방송의 품격과 질을 상징하는 대표 브랜드 프로그램으로 꼽는다. 지난 17대 국회 문광위에서 활동을 할 때에도 EBS의 경영상황 등 문제 지적보다는 지식채널ⓔ에 대한 지원과 격려를 아끼지 말 것을 주문한 것도 이 때문이다.

그래서 EBS는 지식채널ⓔ를 3년 간 담당해 왔던 PD를 전격 인사조치에 충격을 넘어 분노가 치밀어 오른다.

지식채널ⓔ는 지난 5월 광우병 위험 소를 다룬 '17년 후' 편이 청와대의 전화 한 통으로 불방되었다가 여론 악화로 겨우 방영된 적이 있다. 그러나 그 후속편은 여전히 방송되지 못하고 있는 상황에서 담당 PD가 갑작스럽게 인사조치가 내려진 것이다. 불량 식품 고발자에 대한 불량 인사인 셈이다.

이명박 정권이 KBS 사장에 대한 밀어붙이기식 해임 추진으로 방송 장악 의도를 노골적으로 드러내고 있다고 하지만, 이제는 교육방송에까지 정치적 입김을 작용하여 교육방송 프로그램조차 노골적으로 탄압하는 것을 보며 참담한 심정이다.

EBS 역시 국민의 수신료로 운영되는 공영방송이다. 정연주 사장과 달리 정권의 막가파식 해임 압박에 시달리지 않는 EBS의 구관서 사장과 경영진은 자신의 자리를 연명하기 위해서 공영방송 최고책임자의 책무를 망각하고 있는 것은 아닌지 묻고 싶다. 이제라도 불합리한 불량 인사를 즉각 취소해야 한다. 부디 권력은 유한하고 방송과 교육은 무한하다는 평범한 진리를 되새기기를 바란다. 지식채널ⓔ는 반드시 보존되어야 한다.

* 2008. 8. 8

민주 문방 8인
우리는 팀(team)이 되었다
—2008 문방위 국정감사를 마치고

이름도 길다. 국회 문화체육관광방송통신위원회, 줄여서 '문방위'
라고 하면 왠지 서운할 정도다. 이름에 걸려 있는 국정 분야만 해도
벌써 다섯 개다. 그만큼 할 일도 많고 다퉈야 할 일도 많다는 의미이
다. 더욱이 민주 질서 근간인 언론장악 의도가 노골화되고 있어 긴장
감은 더하다. 그래서 다른 상임위에 비해 치열할 수밖에 없는 철의삼
각지대라 불릴만도 하다. 지난 17대 국회 문광위 간사 경험이 있었지
만 여야가 뒤바뀌고 위원수도 여당에 비해 절반도 안 되는 18대 문방
위 간사를 강요(?)받았을 때 불안과 걱정이 더 컸다.

수의 열세는 단결과 기동력으로 때운다

스포츠와 마찬가지로 정치에서도 수적 열세 만회를 위해서는 단결
력과 기동력 보강이 지름길이다. 그래서 처음 시도해 본 상임위 단독
워크숍은 기대 이상의 효과가 있었다. 짧은 시간이었지만 서로 간에

뜨거운 열정과 강력한 의지를 확인하는 자리였고 상호 보완하는 있
게 확인하는 자리였다. 24일 국감을 모두 마치고 YTN 방문도 같은 이
유다.

문방 8인의 절묘한 부조화의 조화

국감을 진행하면서 민주당 문방위 팀은 절묘한 조화를 이뤄냈다.
적은 수였으나 무시할 수 없는 화력을 뿜어내었다. 일부 언론에서는
'숫자는 절반, 화력은 4배' 라는 평을 하기도 했다.

4선의 천정배 의원은 원내대표와 법무부장관을 거친 중진의 경력에
서 우러나는 발언의 무게가 압권이었으며, 법조인 출신다운 정밀한
논리가 장착된 주포 역할을 하였다. 때 묻지 않은 곧은 심성을 지닌
이종걸 의원은 3선인가 할 정도로 뒤로 빼는 일 없이 누구보다 가장
앞장서 열정적인 야당 정신과 호통의 포문으로 회의장의 기선을 잡아
갔다. 원내수석부대표 서갑원 의원은 국감 상황실장임에도 성실하게
참석하여 정의로움이 배어진 우렁찬 목소리로 충분한 대포 역할을 해
주었다. 그가 없을 때 나는 긴급 화력지원 요청 메시지를 보내곤 했
다. 정보통신 분야 최고전문가인 변재일 의원은 문방위가 정치현안
으로만 쏠리는 현상을 막고 해박한 지식과 정교한 논리로 문방위 현
안의 균형추 역할을 하였다. 장세환 의원은 언론인 출신답게 최대 현
안인 언론 분야에 대한 풍부한 이해와 투철한 언론 자유투쟁 경험을
살려 자유언론 침해의 문제를 독특한 발성과 집요한 추궁으로 위원회
의 긴장감을 높여갔다. 국무조정실장을 지낸 조영택 의원은 정부 운
영 메카니즘을 훤히 꿰뚫는 해박한 지식과 경륜으로 국정 운영의 허

점을 조목조목 지적하고, 누구보다 빠르게 비판정신과 예리함을 갖춘 야당 의원으로 정착했다. 현업 최고경영자와 언론노조위원장을 모두 거친 최문순 의원은 경험과 실력을 유감없이 발휘하였다. 특히 위기감에 빠진 언론계에 포진한 두터운 네트워크를 통해 언론계 현장의 최신 정보와 목소리를 공급하는 역할과 함께 현장성을 살린 질문을 날려 증인들을 당황케 했다.

위원장! 소리치는 훈련도 유쾌함으로 연습

특히, 연배도 높고 경력도 상당한 초선 의원분들이 간사인 나를 비롯한 재선 의원들의 적극적이고 공세적인 파이팅 요구를 기분 좋게 받아주는 너그러움을 보여주셔서 무척 감사하다. 수차례의 훈련(?)에도 항의와 호통의 톤이 여전히 어색은 하지만 우리 민주당 문방위 팀의 특별한 조화로움이 바로 여기에서 나오지 않나 싶다.

스스로 문제 드러낸 유—신체제의 자화상

국감을 마치고 보니 처음의 불안과 걱정은 많이 덜어졌다. 그러나 17대 문방위에서 드물었던 '일방적인 정부비호', '상대의원 발언에 대한 무례한 평가' 등은 문방위 파행의 한 원인이자 옥의 티였다. 앞으로 계속 되어질 상임위를 통해 잘 다듬어지고 자리를 잡아갈 수 있을 것이라 믿는다.

국감 마지막 날 마지막 순간에 스스로 드러낸 유(인촌)—신(재민) 체제의 자화상이 국민에게 고스란히 알려진 것 또한 적지 않은 결과물이다. 피감기관의 증인 신분을 망각한 유인촌 장관은 위원장에게 과도한 항의를 하고 취재기자에게 막말을 퍼붓는 등 장관으로서의 자질을 의심케 했다. 신재민 차관은 오만불손한 답변 태도와 상습적인 월권과 권한남용의 실체를 그대로 보여주었다. 문화체육관광부의 이른바 '유—신체제'의 자질과 문제를 적나라하게 드러낸 것이 행인지 불행인지는 두고 볼 일이다.

파행으로 시작해도 모두 정상으로 마무리된 관행 큰 다행

종종 문방위가 언론으로부터 파행전문 상임위로 지적되곤 했다. 그러나 이름이 긴만큼 다툴 일도 많았고, 그만큼 여야 간 치열한 논쟁과 격렬한 기선잡기 경쟁이 벌어졌다는 의미로 이해되었으면 한다. 논전과 파행이 잦았던 것은 사실이지만 문방위는 단 한 번도 파국으로 치닫지 않고 정상적으로 마무리되었다. 국감 대부분을 12시 자정까지 진행하여 가장 많은 수의 위원회지만 위원 1인당 질의 시간도 다른 위원회보다 결코 짧지 않았다. 기관중심 국감에서 테마중심 국감 제도를 처음 채택하여 여야가 초당적으로 지원해야 할 과제들을 정리한 것도 의미있는 일정이었다.

공포의 외인구단 같은 무적 팀워크로 언론 자유 반드시 사수

국감이 후반부에 접어들 무렵 민주당 문방위원들이 공포의 외인구단 같다는 얘기가 나왔다. 강한 개성들이 모여 절묘한 조화를 통해 강한 전투력을 만들어가고 있다는 의미였다. 모두가 웃으면서 그러려면 한 명이 더 필요하다고 했다. 그러나 부족한 한 명은 8명이 함께하는 팀워크로 채울 수 있으리라. 우리 민주당 문방위원들은 방송의 독립을 지키고 언론 자유를 지키는 일이라면 역사적 사명감으로 어떤 대결도, 격전도 마다 하지 않겠다는 투지와 의지로 결속되어 있다.

 탐색전 단계인 국감이 어렵고 힘들게 마무리되었다. 아울러 수많은 우여곡절 속에서도 어려운 감사일정을 끝까지 마무리한 여야 문방위 원들과 수고를 아끼지 않으셨던 고흥길 위원장님과 나경원 한나라당 간사, 이용경 선진과창조 간사께 특별히 감사의 말씀을 전한다.

 * 2008. 10. 26

MB 정부는
영포 정권인가?

—경제, 국민, 상식은 다 포기해도 권력은 포기 못해

전병헌 의원,

—"영포회가 뭡니까?"

최시중(방송통신위원장),

—"영일군과 포항시 관계 친목 모임입니다."

전병헌 의원,

—"이렇게 물 좋은 때 고향 발전을 못 시키면 죄인이 된다."(박승호)포항시장의 발언입니다.

—"어떻게 하는지 몰라도 예산이 쭉쭉 내려온다."(최영만)포항시의회 의장의 발언입니다.

—기재부차관! 이런 식으로 예산을 줄줄, 특정지역 특정 시에다가 흘려보내도 되는 겁니까?

전병헌 의원,

—"이런 현실을 볼 때 한마디로 이명박 정부는, MB 정부는 영포 정

권이라는 그런 오명을 벗어나기가 곤란한 것이 아닙니까?'

—"영 국민을 포기한 정권, 영 상식을 포기한 정권, 영 경제를 포기한 정권, 영 지역균형발전을 포기한 정권이 아닌가라고 되묻지 않을 수 없습니다."

(2008. 11. 28 국회예산결산특별위원회 내년도 예산 심사중, '대통령의 멘토' 최시중 방통위원장과 설전 중)

이명박 정부는 별칭도 많다. '고소영', '강부자'에 이젠 '영포 정권'까지… 별칭이라는 것이 원래 다소 귀여운 뉘앙스를 풍겨야 제 맛인데 이건 완전 징그러울 지경이다. 지난 11월 26일 영일군과 포항시 5급 이상 공무원들 모임인 '영포회'가 열렸다고 한다. 그 자리에 참석한 인사들이 "MB 정부 들어 경북 동해안 물 만났다.", "이렇게 물 좋을 때 고향 발전시켜야 한다.", "예산이 쭉쭉 내려온다."며 정권 실세 출신 지역의 자축을 벌였다고 한다.

특히, 최시중 위원장은 "지도자 이명박 대통령을 위해 무엇을 할 것인지를 생각하는 자리가 돼야 한다. 우리의 영도자 이 대통령을 위해 힘껏 지원하는 열정을 가슴에 새기자."고 말했다고 한다. 엄격한 정치적 중립성이 생명인 방송통신위원회의 수장으로서 부적절한 발언이 아닐 수 없다. 차라리 그 자리에 참석 안 하는 게 도리가 아니었겠나 생각이 든다.

이명박 정부의 수도권 규제완화정책과 지방 재정 압박하는 감세정책으로 끙끙 앓고 있을 때, 대통령과 이 정권 실세들의 고향 일대는 따뜻한 온기가 가득한가 보다. 그 지역 시민들의 주거, 교통 환경이 좋아진다고 그걸 탓할 생각은 없다. 그러나 적어도 대통령이라는 자리, 아님 그 주변의 실세들의 자리를 차지하고 있는 사람들이 국정에 임하는 태도, 나라의 살림을 대하는 태도에 요구되는 최소한의 양식을 탓하지 않을 수 없다.

국토해양부가 국회에 제출한 '2009년 하반기 예비타당성조사 대상 사업(도로)' 자료에 따르면 주요도로 건설사업 공사비의 37%가 이명박 대통령의 고향인 포항과 연관된 사업이다. 포항 외곽순환 고속도로망 20km 구축사업에 약 1조 8,366억 원, 포항—안동 간 국도 72.6km에 약 1조 235억 원 등이다. 역대 어느 정권도 이렇게 현직 대통령 출신 지역에 첫 해부터 노골적으로 예산을 퍼붓기하진 않았다.

이 정권이 아무리 국민 포기, 상식 포기, 경제 포기, 지역균형 포기가 생각보다 빨랐다 하더라도, 이렇게 노골적인 지역감정과 지역편애를 아무런 거리낌 없이 하는 것을 보면 너무나 실망스럽다. 너무도 뻔뻔하고 아무렇지도 않게 지켜야 할 많은 가치들을 포기했다. 그들은 물론, 어렵사리 쥔 권력만은 절대 포기하지 않을 것이다.

* 2008. 11. 28(2009 예산안 심사 중에)

네티즌 모욕하는
'사이버 모욕죄'

—네티즌을 잠재적 범죄자로 간주하는 착각과 오만

　어제 저희(전병헌 의원실)와 참여연대, 미디어행동, 민주수호 촛불 탄압 비상국민행동, 함께하는시민행동은 사이버 인권법 제정을 위한 국회토론회를 개최했습니다.

　소위 통신 2대 악법인 '정보통신망법 개악(사이버모욕죄 도입)'과 '통신비밀보호법 개악(감청확대 및 시설설치 의무화)' 에 맞서 민주 진보 진영의 대안을 모색하는 자리였습니다.

　마침, 같은 날 한나라당은 미디어산업 관련 법률개정안을 무더기로 내놓았습니다. 특히, 그동안 말도 많고 탈도 많았던 '사이버 모욕죄' 를 본격 도입하여 이를 어길 시에는 2년 이하의 징역이나 금고 또는 1,000만 원의 벌금에 처하도록 하고, 반의사불벌죄로 규정하였습니다. 한마디로 개인의 사적 감정에 국가기관이 개입하여 자의적인 공권력 행사를 마구 하겠다는 것입니다.

　한나라당과 이명박 정부가 추진하는 사이버 모욕죄는 모 유명연예인의 죽음을 아파하며 만든 '애도의 법안'이 아니라, 촛불 정국으로 곤혹을 치르면서 단단히 벼르고 준비해 오던 '보복의 법안'이라는 것입니다. 심정적으로 악성 댓글 자체를 싫어하시는 분들도 계시겠지만, 사이버 모욕죄 도입이 가져올 엄청난 후폭풍에 대해서는 보다 명확한 인식이 필요한 때입니다.

'사이버 모욕죄'는 바로 평범한 네티즌을 잠재적 범죄자로 취급합니다. 그래서 사이버 모욕죄는 네티즌을 보호하기보다는 정권을 보호하고 네티즌을 모욕하는 법에 불과합니다. 여러분, 네티즌이 누구입니까? 다른 나라 사람입니까? 네티즌은 저와 여러분, 바로 우리 국민입니다.

이 정권은 네티즌이, 국민이 얼마나 무섭고 두려운 존재이기에 입과 귀를 틀어막고, 손발을 묶으려 발버둥치는 것입니까? 우리 헌법에 정한 최소한의 기본적 권리조차 누리지 못하게 하려는 것입니까?

한나라당과 이명박 정권의 인터넷 공간에 대한 인식에는 근본적 결함이 있습니다. '네티즌'을 대한민국 국민으로서가 아니라 잠재적 범죄자로 취급할 뿐만 아니라, 인터넷의 본질인 자율과 개방, 소통을 이해하는 고난의 길 대신 손쉬운 통제와 감시를 선택한 것입니다.

이제 말로만 듣던 '사이버 모욕죄' 도입이 본격화될 예정입니다. 이미 개정안이 발의되어 국회에 제출되었습니다. 어제 저희가 토론회에서 마련한 사이버 공간에서의 인권, 네티즌의 인권을 지켜내기 위해서 법안 상정부터 막아낼 것입니다.

* 2008. 12. 4

왜, 팥쥐 정부의
놀부 감세인가?

―세금 많이 걷는 가렴주구보다 무서운 감세정책

전병헌 "종부세, 상속세 등 부자용 감세는 5조 원 넘게 하면서 서민들과 자영업자, 중소기업에게 혜택이 돌아가는 부가세의 한시적 인하의 필요성은 못 느끼는가? 더욱이 강만수 장관의 잘못된 환율정책과 경제 운용 실패로 물가 폭등으로 고통을 겪고 있는데 부가세 인하를 하면 물가 안정 효과도 있지 않겠는가?"

한승수, "서민 관련 품목의 부가세는 이미 면세가 되고 있기 때문에 부가세를 건드릴 이유는 없다고 생각한다."

전병헌, "총리의 말씀처럼 그렇게 서민들, 중산층, 중소기업과 자영업자들의 어려움과 고통을 헤아리지 못하기 때문에 이명박 정부의 부자 감세정책은 '팥쥐 정부의 놀부 감세' 라고 할 수밖에 없는 것이다."

지난 20일 오후 국회 예결특위에서 한승수 국무총리와 저와의 설전 내용이다. '팥쥐 정부의 놀부 감세' 라는 규정에 한승수 총리도 쓴웃음을 지었다. 저의 지적을 부정하는 웃음으로는 보이지 않았다.

국회 예결위원으로서 내년도 예산안을 심사 중이다. 들여다보면 볼수록 어이가 없다. 황당하다 못해 분노마저 느낀다.

미국의 루즈벨트 대통령은 대공황 시절 "지금은 부자들을 더욱 풍요롭게 할 때가 아니라 없는 사람들에 대한 배려에 더욱 노력할 때이다."라고 말하며 사회적 약자에 대한 배려와 지혜로운 정책으로 경제 대공황을 훌륭하게 이겨냈다. 그런데 경제 위기에 대응하는 이명박 정부의 2009년 예산안은 정말 너무 심하다.

어려운 경제 환경에서 나라살림이 어찌되던, 서민들이 어찌되던, 지방이 어찌되던 전혀 개의치 않고 오로지 부자들과 재벌들, 토목 개발족과 부동산 투기족들을 위한 예산편성에 놀라지 않을 수 없다. 나라 빚으로 부자들 주머니 채워주고, 돈 벌 거리 만들어주는 교묘함은 이미 얄미운 수준을 넘어섰다. 대한민국 전체를 골병들게 하는 예산안을 국회에 제출한 뻔뻔함은 가히 역대 정권 최고 수준이다.

경제 불황에서의 정부의 재정지출로 이뤄지는 재정정책은 다른 어떤 정책보다도 유효하다. 그렇기 때문에 재정정책의 균형 있는 예산편성과 원칙 있는 집행은 경제 위기 극복의 첫걸음이다. 그러나 이명박 정부의 2009년 예산안의 문제는 매우 심각하다.

첫째, 부자 감세와 재정지출 확대를 동시 추진해서 사상 최대의 재정적자와 국가 채무가 예상된다. 재정적자는 무려 21조 8천 억, 국가 채무는 350조 8천 억으로 늘어날 전망이다. 이는 GDP 대비 34.3%로 역대 최고치이다. 결국, 이명박 정부의 감세정책은 나라가 빚을 내서 부자들 주머니를 채워주고, 서민과 취약 계층에게 지원되던 복지를 뺏는 도덕적으로도 정당성을 찾아볼 수 없는 몰염치 예산이자, 국가

재정을 골병들게 만드는 예산이다.

둘째, 가뜩이나 어려운 지방재정을 더욱 어렵게 하는 가렴주구보다 무서운 예산이다. 이명박 정부의 감세정책으로 내년도 지방재원 감소분은 무려 3조 3천억 이상이 될 전망이다. 종부세 감세로 1조 5천억, 소득세·법인세 인하에 따른 주민세 감소분이 1조 8천억, 이밖에 취득세와 등록세, 교육세 등 경기 침체에 따른 세수 악화가 우려되는 상황이다. 지방재정의 대부분이 사회복지 및 교육재정에 쓰이고 있는 상황에서 취약 계층과 서민들에 대한 대대적인 복지혜택 박탈이 우려된다. 이야말로 세금을 가혹하게 걷는 가렴주구보다 더 무서운 감세 후폭풍이 아닐 수 없다.

셋째, 대규모 SOC 위주의 전형적인 인위적 경기 부양 예산이다. 내년도 SOC 예산은 올해 대비 약 26.7%가 증가했다. 전체 예산 증가율이 10.4%임을 볼 때 약 2.5배 이상의 규모이며, 지난 5년간 SOC 예산 평균 증가율이 2.5%였음을 볼 때 무려 10배 이상의 규모이다. 가히 토목개발주의를 추종하는 정권의 면모를 보여주고 있는 것이다. 대규모 SOC 투자의 고용창출과 경기 부양 효과에 대해서는 이미 여러 경제전문기관과 전문가들이 그 불확실성을 예고한 바 있다. 일시적인 지역경기를 부양할 수 있을지는 모르겠지만, 지속적인 경기 회복과 우리 경제의 잠재적 성장동력 확충에는 '글쎄올시다' 이다. 오히려 과도한 건설투자 예산 편중은 서민 복지 예산의 축소를 가져왔다.

넷째, 당장 복지 예산 축소가 눈에 띈다. 기초생활보장 예산은 3,265억 원이 줄었고, 장애인 수당 역시 11.7%가 줄었다. 경제 불황을 극복하기 위해 편성된 수정예산안 증액분 14조에 보건복지 관련 예산은 불과 2,808억에 불과하다. 기초생활보장생계급여와 주거급여 대상자가 2만 3천 명이 줄었고, 의료서비스의 공공성을 채워주던 공공보건의료지원 예산은 무려 34.7%(약 1,266억)가 삭감되었다. 아울러 노인돌보미서비스 대상과 독거노인 지원대상도 대폭 축소되었다. 정부의 공공서비스에 의존하고 있던 서민들에겐 너무나 가혹한 예산 삭감이 아닐 수 없다.

2009년도 예산은 이명박 정부가 집권 후 처음으로 편성하는 예산이다. 예산 편성은 그 정부가 추구하는 철학과 정책의 우선순위가 숫자로 나타나는 것이다. 이명박 정부의 집권 초기부터 제기되었던 사회적, 국민적 우려가 점차 현실화되고 있다.

공공성의 해체, 개발족·투기족을 위한 정책, 부자들·대기업들을 위한 감세정책, 사회복지의 축소, 수도권 규제완화와 지방균형발전의 포기 등등…… 어떻게 보면 이명박 정부의 내년도 예산은 강부자 정권의 철학을 너무도 솔직하게 드러낸 예산이다.

그런데 너무도 솔직한 나머지 대한민국은 골병들게 생겼다. 국가재정도 대규모 적자와 채무로 골병들고, 서민 복지는 축소되고 삭감되어 그나마 덮고 있던 담요마저 빼앗고 방에 불까지 뺄 판이다. 지방재정은 부자들과 대기업 감세로 무려 3조 3천억 원을 빼앗겨 골병들게 생겼다.

2009년도는 우리 경제는 물론 우리나라의 운명과 직결되는 중요한 한 해가 될 것이다. 전 세계적 금융위기가 실물경제로 옮겨 붙어 어디서 어디까지 위기가 확산될지 모르는 불확실성의 시기가 될 것이다. 경제 악화로 인해 정부는 또 대규모 국채를 발행하여 추경예산을 편성하자고 들고 나올지도 모른다.

대한민국호가 그 위기의 시기를 잘 헤쳐나가기 위해서는 모든 국민을 아울러 통합과 비전을 보여주는 리더십이 필요하다. 경제가 어려울수록 서민과 취약 계층을 위한 사회안전망을 더욱 촘촘하게 엮어왔던 것이 전 세계 선진 국가들의 선례이다. 우리 역시 지난 10년의 민주 정부 역사에서 사회안전망을 보다 세세하게 만들기 위해 노력해왔다. 사회적 안전망의 확충이야말로 어려운 경제 위기의 시기에 국민들을 너나 없이 통합하고 하나된 힘으로 뭉쳐나가는 지름길임을 이명박 정부는 잊지 말아야 할 것이다.

자신은 호가호위하며 콩쥐(서민)를 부려 먹는 팥쥐의 심보와 두 손에 떡 들고 남의 떡 하나 더 탐내는 놀부의 심보를 빼닮은 이 정부의 감세정책은 세금을 가혹하게 걷는다던 '가렴주구' 보다 더 무서운 것이 아닐까 싶다.

* 2008. 11. 22(2009 예산안 심사 중에)

〈100분 토론〉
400회 출연 후기

―이제는 〈백토〉를 지켜야 할 때

　　MBC 〈100분 토론〉(애칭〈백토〉)이 어느덧 400회를 맞이했다. 얼추 9년의 역사에는 한국 현대사의 주요 의제가 빼곡히 꽂혀 있다. 400회를 맞이한 〈백토〉에 출연하게 된 것은 큰 영광이었다. 당대의 내로라하는 논객들과 함께 뭔가 잘못되도 한참 잘못되고 있는 이명박 정부 1년을 논한다는 것은 그 자체로 매우 의미 있는 일이었다. 이를 반영하듯 400회 방송의 여진은 인터넷에서 직장에서 계속 화제가 되고 있다.

　　9명이나 되는 패널 숫자와 제한된 시간, 그리고 다른 패널의 이야기를 중간에 끊고 들어가는 무례를 범할 뻔뻔함도 없었기에 내 이야기를 충분히 전달하지 못한 점이 못내 아쉽기는 하다. 그러나 공식적인 의견 표명 기회가 상대적으로 많은 현역 정치인으로서 신해철, 김제동, 진중권 씨 등 네티즌의 사랑을 받는 분들의 발언 기회가 많아지는 것이 그닥 나쁘지는 않았다.

〈백토〉가 400회를 이어올 수 있었던 것은 〈백토〉의 탁월한 의제설정 역할과 남다른 시대감각 때문이다. 덕분에 우리 사회의 격동하는 주요 이슈에 대한 엇갈린 견해들을 종합해서 들을 수 있었고, 여론의 방향이 정해졌으며, 이슈의 우선순위를 매길 수 있었다. 또한, 토론에 익숙지 않은 우리 한국 사회에 토론문화의 교과서 역할까지 하여 다른 방송사들이 경쟁적으로 토론 프로그램을 만드는 기폭제가 되기도 했다.

또한, 빠뜨릴 수 없는 것이 스타 논객들의 배출이다. 〈백토〉의 힘은 이슈에 대한 사회적 경각심을 일깨우는 토론 프로그램의 역할에 충실하면서도 걸출한 스타 논객들을 탄생시켰다. 스타 없는 영화나 드라마, 심지어 프로구단을 상상할 수 없듯이 스타 없는 토론 프로그램도 이젠 상상하기 어려워졌다. 그만큼 토론 프로그램의 대중화와 전국민적 신드롬을 〈백토〉는 이뤄낸 것이다.

물론 대부분 출연 패널들의 견해가 상대방의 논리와 설득에 감화되어 바뀌는 일은 거의 없었다. 어차피 판단은 시청자들의 몫이었으니까. 오죽하면 끝장 토론이라는 형식을 빌어 장장 6시간 가까운 토론이 이어졌던 적도 있었다.

문제는 국민적 지지와 사랑을 받고 있는 〈백토〉의 예사롭지 않은 운명이다. 공교롭게도 같은 날 최시중 방송통신위원장은 MBC의 최대주주인 방송문화진흥회 20주년 기념식에서 MBC에 대한 정명(正名)을 거론했다. "MBC는 공영방송인가? 민영방송인가? 지난 1년간 MBC는 무엇을 했으며, 최대주주인 방문진은 무엇을 했는가?" 다그쳤다. 방송통신정책의 최고 수장이 공식적인 자리에서 MBC에 대한

민영화의 포문을 연 것이다. 이를 두고 MBC 노조에서는 '방송통제위원장' 의 협박이라고 반박하기도 했다.

우리는 이미 이명박 정권이 들어선 이후 국민의 사랑을 받았던 방송프로그램들이 중단되고 변경되는 아픈 경험을 했다. YTN의 〈돌발영상〉과 KBS의 〈시사투나잇〉과 〈미디어포커스〉가 대표적이다. 국민의 입장에서 권력에 대한 감시와 사회정의를 지켜내던 프로그램들이 이명박 정부의 방송장악 음모의 희생양이 되어버린 것이다. MBC의 〈PD수첩〉 역시 광우병 촛불시위를 촉발한 괘씸죄의 대가를 꼼짝없이 당해야 했다. 〈백토〉 역시 왕성한 사회적 의제 설정과 건강한 비판자 역할을 다하는 한, 건강한 여론 조성의 아고라(agora) 역할을 다하는 한, 혹세무민의 정치를 기도하는 이명박 정권에겐 눈엣가시가 될 수밖에 없을 것이다. 〈백토〉 400회 출연의 감회가 새삼스러운 이유가 이것 때문이다.

〈백토〉 9년, 400회의 역사는 민주 정부 10년과 궤를 같이해 왔다. 우리 현대사의 어느 시기보다 언론과 표현의 자유가 왕성하게 함양되어 왔던 시기였기에 〈백토〉 400회의 역사가 가능했다고 해도 과언이 아닐 것이다. 그러나 언론과 표현의 자유를 통제하려는 의도를 공공연하게 드러내고 있는 이명박 정권에 의해서 〈백토〉의 왕성한 에너지가 위축되거나 건강한 여론 조성의 역할이 작아지지 않기를 기원해야 하는 원망스러운 시절이 다가왔음을 피부로 느끼고 있다.

이명박 정권은 올해 통과를 목표로 재벌과 거대 신문사에 지상파 방송사의 소유권을 넘겨주고 사이버 모욕죄 도입을 골자로 하는 언론장악 7대 악법을 국회에 제출했다. 언론통제와 표현의 자유를 제한하는 악법 중의 악법이다. 재벌과 일부 거대 신문사에 MBC의 소유권이 넘어간다면 〈백토〉의 운명은 어떻게 될 것인가? 정말 상상하기조차 싫어진다.

〈백토〉 400회를 맞이하여 〈백토〉 500회, 1,000회 특집을 기대하는 것은 지나친 욕심일까? 이제 우리 시청자들이, 국민들이 〈백토〉를 지키는 심정으로 나서야 할 때이다. 400회에 대한 높은 국민적 관심과 애정, 격려를 이어나가 500회, 1,000회 특집을 기대하고 기다릴 수 있도록 재벌과 신문에 대한 방송 소유를 허용하는 악법을 반드시 막아내겠다는 다짐을 거듭해 본다.

* 2008. 12. 20

박근혜,
침묵이 길다

—MB식 반언론 · 반민주 악법 몰이에 대한 입장을 밝혀라

이명박 정권이 공안과 유신의 썩은 칼을 휘두르고 국회가 의회 독재의 음모에 철저히 유린당하는 사이, 박근혜 전 대표에 대한 기사가 언론에서 사라졌다. 입을 다물고 있는 것이다. 침묵은 금이라지만, 이런 상황에서 차기 대권 1순위 선수가 입 다물고 있는 것은 비겁이다. 그를 지지하는 국민에 대한 도리가 아니다.

이명박 정권이 추진하는 언론장악 7대 악법 중 신문법과 방송법 개정의 핵심은 재벌과 족벌 신문에 지상파 방송사를 내주는 것이다. 이는 곧, MBC에 대한 민영화를 의미하며, MBC의 지분을 재벌과 족벌 신문, 외국 자본에 넘겨주겠다는 것이다. 방송장악, 언론장악을 통해 장기집권의 발판을 마련하겠다는 이명박 정권의 노골적인 행태를 저지하기 위해 9년 만에 첫 언론노조 총파업, 총투쟁이 시작되었고, 민주당은 8일째 국회 문방위에서 '민주산성'을 높이 쌓아 국민과 함께 지켜오고 있다.

상황이 이쯤 되면, MBC의 지분 30%를 소유하고 있는 정수장학회의 운명이 궁금하지 않은가? 아무리 박정희 시절 권력으로 찬탈한 지분이라지만 그 후예인 한나라당과 이명박 정권이 그것을 다시 내놓으라고 하진 않을 것이라 철썩 같이 믿고 있는 것인가? 아니면 이미 현 정권과 물밑 거래가 끝난 것인가?

그것도 아니라면 이젠 정수장학회의 특수관계인이자 책임 있는 정치인으로서 박 전 대표가 한 말씀 할 때가 됐다. 입을 꼭 다물고 갑자기 '정수장학회는요?' 하고 되물을 것이 아니라면, 이제는 이 정권의 MBC 민영화 시나리오에서 정수장학회를 어떻게 처리하려는 것인지, 밝히라고 요구하는 것이 좀 더 솔직하고 당당한 모습이다.

또한 적어도 박 전 대표가 차기 대권을 노리는 야심 있는 정치인이라면, 이명박 정권이 지난 1년간 탐욕스럽게 벌려온 KBS, YTN 사태 등 언론·방송장악 음모와 이번에 국회에 제출한 각종 반민주 악법 종합 세트에 대해 스스로 분명한 입장을 천명해야 한다. 한나라당 주류들의 일방통행식 의회 운영방식에 대해서도 동의하고 있는 것인지, 문제 있다고 보는 것인지, 분명히 밝혀줄 것을 요구한다. 그저 한나라당의 당론에 묻혀갈 요량이라면 더 묻지 않겠다. 대신 나라의 '정체성'을 송두리째 뒤흔드는 이 정권의 반민주적 일탈행위에 대해 한마디 비판도 하지 못한다면, 유력한 차기 대권 후보라는 말은 스스로 거두기 바란다. 적어도 그런 수준의 자칭 대통령 후보들은 널려 있으니까.

* 2008. 12. 28

박근혜 전 대표,
뒷북공주로 남을 것인가?

박근혜 전 대표가 오랜 침묵을 깨고 한나라당의 오만에 대해 경고하고 나선 것은 그나마 다행스러운 일이다. 아주 뒤늦은 소리였지만 그래도 무책임한 침묵보다 낫다.

'야당의 의사당 점거에 대한 비판'은 사실상 여당의 수뇌부로서 어쩔 수 없이 해야 하는 정치적 수사였다고 생각한다. 박 전 대표는 "한나라당이 국가 발전과 국민을 위한다고 내놓은 법안들이 국민에게 실망과 고통을 안겨주고 있다."는 말을 하고 싶었을 것이다.

박 전 대표가 그 같은 건강한 상식을 지니고 있다면 국민의 주목을 받아온 정치인으로서 보다 적극적이고 선도적으로 국민에게 돌아갈 실망과 고통을 치유하기 위해 나서야 한다.

이명박 정권과 한나라당의 반민주적이고 탐욕스러운 법안 때문에 국민의 실망과 고통이 커져만 가는데 이를 방관하고 점잖고 그럴듯한 말로 자신의 이미지만을 예쁘게 가꾸고자 한다면 '알고 저지르는 죄'

만큼 큰 잘못이다. 민주당을 비롯한 야당은 여당의 법안이 가져올 국민의 큰 고통을 너무나 잘 알기에 민의의 전당, 본회의장을 점거하는 작은 고통을 선택한 것이다.

또한, "한나라당에 국회를 정상적으로 운영해야 할 책임이 있다."는 박 전 대표의 지적 역시 당연한 지적이다. 김형오 국회의장이 사실상 1월 중 직권 상정을 포기하고 대화와 타협의 국회 정신으로 돌아온 것도 박 전 대표와 같은 인식에서 비롯된 것으로 보인다.

한나라당이 만에 하나 2월 임시회를 열어 직권상정이라는 뻔한 레파토리를 들고 나온다면 박 전 대표와 양식 있는 한나라당 의원들은 '국민에게 고통을 줄 것이 너무도 뻔한 법안'과 '직권상정이라는 비정상적 국회 운영방법'에 대해 단호히 반대할 것이라 믿는다.

이제는 박 전 대표가 지적한 한나라당의 법안과 국회 운영의 문제점에 대해 뒷북치듯 지적하는 수준으로는 '뒷북공주'라는 오명을 벗고 책임 있는 정치인으로 평가받기는 어려울 것이다. 수업시간엔 잠자고 점심시간에 목소리 커지는 학생이 공부 잘하기란 매우 드문 일이다. 2월 국회에서 박 전 대표의 진정한 목소리와 행동을 기대해 본다.

* 2009. 1. 5

MB 정권은
야만의 시대를 꿈꾸는가?

이명박 정권의 상상도 할 수 없는 비정상적 행태가 연일 계속되고 있습니다. 다음 아고라의 경제논객 미네르바로 추정되는 네티즌을 검찰이 전격 긴급체포하고 구속기소했다고 합니다.

체포된 네티즌이 진짜 미네르바인지, 아닌지 중요하지 않다고 봅니다. 또한, 전문대를 나왔는지 외국의 유수 대학을 나왔는지도 중요하지 않다고 봅니다.

문제는 미네르바가 중대 범죄자도 아니며, 구체적 범죄 행위가 밝혀지지도 않았음에도 단지 인터넷에 올린 글을 빌미 삼아 네티즌을 전격 체포한 사실에 주목해야 할 것입니다.

또한, 미네르바에 대해 고소고발이 있었던 것도 아닙니다. 이런 식이면 한나라당의 사이버 모욕죄 도입도 필요 없습니다. 그냥 이 정권의 입맛대로 현행법을 맘대로 해석하여 맘에 안 드는 네티즌을 체포도 하고 구속도 하면 될 일입니다.

인터넷상 익명권은 나이, 성별, 학력, 출신 등에 따른 사회적 편견 없이 개인의 자유로운 의사 표현을 가능하게 하는 훌륭한 수단입니다. 우리의 인터넷 문화는 이러한 권리를 바탕으로 건강하게 성장해 왔습니다.

이번 일로 인터넷상 익명성의 가치가 철저히 짓밟힌 것입니다. 또한, 헌법적 가치인 표현과 언론의 자유가 권력의 부당한 남용으로 인해 정면으로 부정당한 것입니다.

한편에서는 방송통신심의위원회가 재벌방송, 족벌신문방송 반대를 기치로 한 언론노조 파업 지지를 표현했던 방송인들의 '블랙 복장'에 대해 강력한 제재에 나섰다고 합니다. 이 역시 웃지 못할, 씁쓸한 '블랙코미디' 입니다.

박정희, 전두환 독재 시절에는 막걸리 마시다 정권을, 대통령을 욕했다는 이유로 쥐도 새도 모르게 잡혀가기도 했습니다.

마치 그 시절로 돌아간 기분입니다. MB 정권이 미니스커트와 장발을 단속하고 야간통금을 실시했던 '야만의 시대'를 부활시키려는 것은 아닌지 걱정스럽습니다.

MB 정권은 도대체 무엇이 두려운 것입니까? 무엇이 두려워 소통 대신 통제를, 자유 대신 억압을, 민주 대신 독재를 획책하는 것입니까?

우리 현대사는, 민주주의 역사는 분명히 말하고 있습니다. 통제와 억압은 또 다른 저항을 낳을 뿐이고 독재는 민주주의에 대한 열망을 더욱 뜨겁게 할 뿐입니다.

이명박 정권은 정권의 알량한 이익을 위해, 국민과 역사 앞에 씻을 수 없는 죄를 짓고 있음을 분명히 깨달아야 할 것입니다.

표현과 언론의 자유는 민주주의를 유지하는 핵심 근간입니다.

이제 표현과 언론의 자유를 수호하기 위한 대장정의 투쟁을 다시 시작한다는 각오로 임하겠습니다.

이명박 정권의 야만적이고 폭력적인 반민주 국민통제 기도를 분연히 저지해 나가겠습니다.

* 2008. 1. 9

오바마 취임식장에서 본
미국 진보의 힘, 진실의 힘

　오바마 대통령은 1861년 링컨 대통령의 취임식에 사용되었던 성경에 손을 얹고 '자유의 새로운 탄생'을 선언했다. 그것은 탐욕과 전쟁, 테러로 일그러졌던 지난 시대를 참회하고 평화와 자유, 민주주의의 재건을 향한 미국 진보 진영의 의지를 강력하게 천명한 것이다. 신자유주의가 남긴 상처와 위기에 직면한 미국은 오바마를 선택했고, 오바마는 위기를 극복할 리더십, 국민적 기대감 그 자체였다.

　워싱턴 DC는 온통 오바마의 물결이다. '오바마 마케팅', '오바마 패션' 등 신조어는 오바마 신드롬을 실감케 한다. 미국 역대 대통령 중 최고 지지율인 80%를 넘는 오바마의 인기는 곳곳에서 확인할 수 있었다. 그래서인지 추위와 경제 한파 속에서도 취임식에 참가한 사람들의 표정에는 감격스러움과 희망이 담긴 웃음이 떠나질 않았다.

　예년에 비해 4~5배가 늘어난 200만 명의 기록적인 참가 규모를 이루어낸 데는 몇 가지 요소가 있는 것 같다. 무엇보다 사상 최초의 흑인 대통령이라는 역사적 사건이다. 미국의 민주주의가 마침내 인종의 벽을 뛰어넘으며 스스로를 완성시킨 것이다. 신자유주의의 팽창과 탐욕이 오히려 미국 민주주의의 완성에 이바지하는 아이러니를 발견할 수 있었다. 둘째는 위기에 대한 솔직한 인정과 위기를 극복하는 방법에 대한 진실하고 겸손한 솔선수범과 설득이었다.

오바마는 'Renew United States'라는 주제로 1만여 개의 자원봉사 프로그램을 공모, 동시다발로 전개했다. 오바마 본인도 직접 참여하여 현재 미국의 위기를 다 함께 헤쳐나가자는 메시지 전달에 성공했다.

또한, 오바마는 당선 이후 화합형 인사를 통해 현재의 위기 국면을 화합의 정치로 극복하자는 메시지를 실천적으로 전달하는 데에도 성공했다. 이와 함께 위기 극복을 위한 정책 대안을 기민하게 제시하여 국민들 사이에서 오바마라면 현재의 어려운 미국 경제를 다시 일으켜 세울 수 있다는 희망과 자신감을 불어넣는데 성공했다.

셋째, 선거 캠페인의 슬로건이었던 "Yes, We Can"은 오바마 정부가 출범하는 지금 "Now, We Must"로 바뀌었다. Must는 위기 극복을 위한 강력한 리더십의 표출이자, 다음 세대를 위한 현 세대의 책무와 세계인을 향한 미국, 미국민의 책임과 자부심을 강조하기 위한 것이다.

오바마는 취임 연설에서 성실과 정직, 용기와 페어플레이, 관용과 호기심, 충성심과 애국심 등 오래되고 진실된 가치를 주목했다. 이러한 가치가 곧 미국 진보의 힘이라 단언했다. 미국민들은 여기에 신뢰와 환호를 보내고 있는 것이다.

김대중 전 대통령 취임식의 실무 책임을 맡았고, 노무현 전 대통령 취임식에 자문을 했던 사람으로서 오바마 대통령 취임식 참석은 우리나라의 성숙한 정치문화와 조속한 정권 교체에 대한 의지를 새롭게 다지는 훌륭한 기회가 되었다. 앞으로 우리나라의 대통령 취임식도 더욱 진화된 개념으로 국민 통합과 정치 발전의 계기로 정착시킬 필요를 되새기는 소중한 경험이었다.

지면을 빌어 취임식에 초청해 준 미 의회 관계자들에게 감사의 말씀을 전한다. 안타깝게도 미국에서 인권과 자유, 민주주의 등 민주적 가치의 재건을 다짐하는 시점에 한국에서는 무리한 공권력 집행으로 억울한 희생자가 발생하는 사건이 발생했다. 소식을 접하고 분노와 침통을 금할 수 없었다. 삼가 고인이 되신 용산 철거민들과 그 가족에게 깊은 애도와 진심 어린 위로를 보낸다.

* 한국일보 기고문.

한나라당, 재외 국민 참정권 갖고
김칫국 마시지 마라

―정치권은 정책 경쟁으로 승부 갈릴 것

영주권자를 포함한 재외 국민에게 투표권을 주는 정치관계법이 국회 정치개혁특별위원회를 통과됐고, 2월 2일 국회 본회의에서 의결이 된다.

재외 국민 약 240만 명을 두고 정치권과 언론의 셈법이 여기저기서 쏟아져 나오고 있다. 대체적으로 재외 국민의 절반을 차지하는 미국 교포들의 성향이 '친미 · 보수' 이기 때문에 한나라당에게 유리하다는 평가가 지배적이다.

그러나 재외 국민에 대한 참정권 부여를 두고 여야 간 유불리를 논하는 것은 바람직하지도 않고 시기상조이다. 물론 선거권과 납세의무가 불일치하는 영주권자에게까지 투표권을 주는 것에 대한 논란도 있을 수 있다. 또한, 재외 국민 대상의 선거운동과 선거법 등 국내법 적용 문제, 교포 사회의 분열 등도 향후 다듬어져야 할 부분이다.

그럼에도, 정치권과 언론이 재외 국민 대부분이 마치 한나라당을 지지하는 것처럼 몰아가는 것은 유감이다. 마치 재외 국민이 '제2의 강남'이라도 되는 양 호들갑을 떤다.

지난 주 오바마 대통령 취임식에 초청받아 미국에 다녀왔다. 현지에서 워싱턴 한인회 간담회와 재미 교민방송 및 신문과 인터뷰를 했는데 많은 교민들이 재외 동포 참정권 부여에 대해 지대한 관심을 갖고 있었다.

그곳에서 느낀 것은 정보화·글로벌 시대에 들어 해외 동포들은 국내 사정을 실시간으로 속속들이 잘 알고 있었고 고국이 어떤 방향으로 가야 하는지에 대해서도 나름의 바람과 주장이 분명했다. 정치성향의 분포나 강도도 내국민들과 크게 다르지 않았다. 어찌 보면 당연한 현상이다. 같은 핏줄, 같은 기질을 지닌 한민족이기 때문이다.

워싱턴 지역의 한인은 약 30만 명에 달한다. 이들을 대상으로 2003년 9월부터 11월까지 워싱턴 한인회가 주축이 되어 조사한 결과가 흥미롭다. 선호하는 국내 정당은 한나라당이 15.2%, 민주당이 9.4%, 무당층이 75.3%였다. 반면, 선호하는 미국 정당은 민주당이 39.9%, 공화당이 23.3%, 무당층이 35.1%였다. 이는 2000년 미국 대선에서 민주당 고어 지지가 46.6%, 공화당 부시 지지가 28.9%라는 결과와도 일맥상통한다. 또한, 이주 전 본인이 스스로 중산층이었다고 답한 응답자가 무려 71.1%였다.

워싱턴 한인 사회의 국내 정당 지지율은 국내의 그것과 크게 다르지 않음을 알 수 있다. 오히려 직접적인 영향을 받는 미국 정치에 있어 상대적으로 소수인종 우대정책과 평화적인 한반도정책 등을 내놓은 미국 민주당을 더 많이 지지하고 있음을 볼 수 있다. 일반적인 성향에 기반한 몰표식 투표행태가 아니라 합리적인 정책지향 투표를 보이고 있음을 알 수 있다. 따라서 '친미·보수' 성향에 기대는 유불리 해석은 근거가 약해질 수밖에 없다.

더욱이 우리 민주당은 부시의 대북 강경책에 반대해 온 것이지 반미 입장을 갖고 있지 않다. 오히려 상대적으로 우리 민주당과 잘 통하는 오바마 행정부가 들어선 상황에서 한미관계에 우리 민주당이 더 적극적으로 나설 수 있는 환경이 조성되어 있다.

이제 문제는 국내 정치권이다. 선험적으로 재외 국민의 정치적 성향을 예단하는 것은 아무 의미가 없다. 떡 줄 사람은 만나 보지도 않고 김칫국부터 마셔서는 곤란하다. 약 240만 명의 새로운 정치 시장이 열린 것이라면, 대한민국호를 잘 이끌어 나갈 정책 경쟁, 정치 경쟁으로 승부를 걸 때이다. 국내 정치에 충실하여 우리 국민의 지지율이 올라가면 당연히 재외 국민의 지지율도 함께 올라갈 것이다.

어려운 시기 해외로 나가 한민족의 기개를 보여줬던 재외 교포들의 개척과 도전정신은 오히려 진보적 기질과도 상통하고 있다는 점을 주목해야 한다. 이런 점 때문으로도 교포사회가 무조건 특정정당 지지로 이어지지 않을 것이라는 믿음을 이번 미국 방문에서 확인할 수 있었다.

* 2009. 2. 1

MB 1년, 다시 침낭을 메고
국회 야전에 임하다
―언론 악법 날치기 상정 미수사건

딱 50일 만에 다시 국회에 침낭을 들고 들어왔습니다. 국회 본청이 아무리 크고 넓다 해도 밤에 잠을 청하기엔 불편하기 짝이 없습니다. 지난 1월 MB 악법 저지를 위해 문방위와 본회의장을 점거하면서 계획에도 없던 침낭을 하나 사기로 결심했습니다. 아무래도 이명박 대통령 임기 동안 국회에서 자야 할 일이 많을 것 같다는 '직감' 때문이었습니다. 그래서 나름 시중에서 유통되는 침낭 중에 중상급에 해당하는 든든한 침낭을 하나 구입했습니다. 뭐 쓸 일이 있겠나 싶었지만, 왠지 쓸 수밖에 없을 것 같다는 예감이 자꾸 들었기 때문입니다.

직감은 틀리기 바랄수록 맞는 경우가 많은 것 같습니다. 어제 한나라당이 국민의 60% 이상이 반대하는 언론 악법을 날치기 상정하려다 실패한 사건이 발생한 것입니다. 그들은 상정했다고 좋아하지만 내심 불안한 기색을 감추지 못하고 있습니다. 집권 1년 동안 보여줬던 무능도 모자라 날치기 상정도 제대로 못하는 웃지 못할 무능까지 보여준 해프닝에 불과합니다. 또 뭐 그들이 그렇게 우기니까 상정이 성공했다 하더라도 다음 절차를 밟기 위해서는 또다시 똑같은 상정을 문방위에서 해야 합니다. 이런 사실을 아는지 모르는지 아니면 아예 상임위(문방위)는 제치고 본회의 직권상정 시나리오를 짜놓고 있는지도 모릅니다. 그렇다면 제 침낭은 문방위에서 다시 본회의장으로 옮겨가야 할지도 모르겠습니다.

다 아시겠지만 '상정'은 법을 만드는 여러 절차 중의 하나의 과정입니다. 법은 일단 만들어지면 사회 주체들의 행위를 규제하는 강제적 규범의 역할을 하기 때문에 만드는 절차 역시 적법해야 이를 따르는 사회 주체들에게 정당성을 발휘할 수 있습니다. 그래서 적법한 절차를 준수하지 않는 날치기 사례들이 국민적 비판을 받는 이유가 여기에 있습니다. 그런데 어제 한나라당의 '상정 시도'는 국회법이 정한 적법한 절차를 깡그리 무시했습니다. 이렇게 만들어진 법이 사회적 약속으로 효력을 갖기란 대단히 어렵고 이런 법을 만드는 과정에서 소모된 에너지는 낭비 그 자체가 되는 것입니다.

그럼 한나라당의 날치기 상정 미수사건의 전모를 살펴보겠습니다.

첫째, 고홍길 위원장은 국회법 제77조를 들먹입니다. 의사일정을 바꿀 수 있다는 것이죠. 그런데 국회법 77조를 어기고 있는 것은 고홍길 자신이었습니다. 77조에 의하면 위원장이 의사일정을 변경하거나 안건 추가를 하기 위해서는 여야 간사와의 협의를 거쳐야 하는데 의사일정 변경을 위한 어떤 협의도 없이 바로 그 자리에서 단독으로 의사일정 변경을 시도하였습니다.

둘째, 국회법 제81조에 의하면 법안을 상정하기 위해서는 '사전에'

인쇄하여 의원에게 배부하여야 함에도 '미디어법 등 22개 법안'은 사전에 전혀 배부되지 않았습니다. 고 위원장은 다급한 목소리로 "행정실, 의안 전부 배부하세요."라고 했지만, 1~2초 정도 찰나의 순간에 28명에게 의안을 돌리는 것은 슈퍼맨이 아니라면 불가능한 일입니다.

셋째, 고 위원장은 대한민국에 있지도 않은 유령 법안을 거명했습니다. 우리나라에는 법률이 수백 개가 넘지만 '미디어법'이라는 법명을 가진 법은 없습니다. 아마 딴 나라 법을 지칭했나 봅니다. 참 딴나라당 다운 작명이 아닐 수 없습니다.

고흥길 위원장,
"자~ 미디어법 등 22개 법안 에에에…"

넷째, '상정합니다'라는 동사를 말하지 못해… 도대체 뭘 하겠다는 것인지 알 도리가 없었습니다. 당시 회의장에는 수십 대의 언론사 카메라가 열띤 취재를 벌였으며, 국회 자체 영상회의록도 가동 중이었지만, 현재까지 "상정"한다는 말이 기록된 것은 밝혀진 것이 없고 그저 안쓰러운 "에에에…"라는 말만 들릴 뿐입니다.

한마디로 무능한 실력에 연습까지 부족한 함량 미달의 미수에 그친 날치기 시도였습니다. 이런 무리한 시도로 1월 6일 여야 합의와 최소한의 신의는 휴지 조각이 되어버렸고, 언론노조의 대규모 파업과 국민적 공분을 불러 일으켰습니다.

경제가 어려워져 주식이 고꾸라지고 환율과 물가는 급등하고 있습

니다. 오로지 재벌과 부자들만을 위한 정책으로 서민 경제는 내팽겨
쳐진 지난 1년이었습니다. 실업자와 비정규직, 중소기업 부도율, 가
계부채 증가로 사회적 불만은 폭발 직전까지 와 있습니다. 경제를 이
지경으로 만들어 놓고도 국민의 60% 이상이 반대하는 언론장악 법안
날치기에 혈안이 되어 있는 한나라당은 정말이지 구제불능 정권이 아
닐 수 없습니다.

이제 곧 봄이 옵니다. 그러나 국회 야전은 계속될 것 같습니다. 침
낭보다 더 든든한 여러분만을 믿고 언론 악법, MB 악법을 반드시 저
지해내겠습니다.

* 2008. 2. 26

사회적 논의기구의 성공은
국민 여론을 진실하게 담는 것이다

국회는 언론 관련법 처리를 위해 문방위에 사회적 논의기구를 구성하기로 했다. '100일간의 여론 수렴 등의 과정을 거친 후 국회법 절차에 따른 표결 처리'를 합의하였다. 가뜩이나 어려운 경제 상황에 신음하던 우리나라를 정쟁의 나락으로 몰고 갔던 청와대와 여당의 몰지각한 '속도전'과 '전면전'이 만든 입법전쟁의 산물이다.

부족하고 불만스럽지만 우리 국회는 민주당을 비롯한 야당과 시민사회가 누차 주장한 대로 신·방 겸영과 같은 중대한 사회적 이슈에 대해 사회적 논의를 통한 입법 절차를 밟기로 한 것이다.

사회적 이슈에 대한 정책결정 및 입법에 대해 이미 결정된 의석수에 따른 일방적이고 비민주적인 결론 대신 시민사회와 함께하는 '공론화 과정'을 밟기로 한 것은 분명한 민주주의의 진전이다. '미디어발전국민위원회'는 거대 여당이 독주하는 국회에서 편협함과 일방주의를 배격하는 새로운 민주주의적 정책 결정의 모델로 만들어지기를 바란다.

그런데 여당 지도부를 중심으로 '사회적 논의기구'를 폄훼하고 평가절하하는 일들이 벌어지고 있어 분명히 경고하고자 한다.

사회적 논의기구 '미디어발전국민위원회' 구성의 핵심은 합의문에 명시된 '국민 여론 수렴'이다. 그렇기에 자문기구냐 의결기구냐와 같은 형식에 대한 논쟁은 무의미하다. 한나라당은 자문기구라면 여론 수렴한 결과를 반영하지 않겠다는 것인지 처음부터 밝혀야 한다. 이미 정부부처 내에 숱하게 존재하는 '허수아비형' 자문기구로 취급하려면, 차라리 이제라도 인정 못 한다고 실토하고 합의 파기를 선언해야 한다.

국민 여론을 수렴해 놓고 반영하지 않겠다는 것은 국민 기만이다. 국민의 뜻, 국민의 마음을 따르는 것만큼 확실한 민주주의가 어디 있는가? 입만 열면 '국민'을 찾는 그들에게 '국민'은 자신들의 권력을 유지하기 위한 장식품 정도로 여기고 있는 것은 아닌지 묻고 싶다. 또, 한나라당이 국민 여론을 수렴하는데 소극적으로 임하거나, 축소하려 한다면 이는 더더욱 국민을 기만하는 행태가 될 것이다.

한나라당의 원내대표는 어느 언론 인터뷰에서 여론도 틀릴 수 있다고 했다. 그래서 계몽해야 할 때도 있다고 했다. 맞는 소리이다. 편향된 정보와 왜곡된 정보만 주어진다면 여론은 당연히 틀릴 수 있다. 그런데 여론이 불리하다고 '계몽'을 주장하는 것은 나만이 옳다는 식의 '오만'의 다른 표현일 뿐이다.

오히려 그들은 지금 자신들 입맛에 맞는 뉴스만을 내보내어 자신들에게 일방적으로 유리한 여론을 만들 목적으로 일방적으로 언론법을 고치려들고 있음을 스스로 드러내고 있는 것 아닌지 묻고 싶다.

진실한 정보와 객관적인 사실을 전달해야 올바른 여론이 형성된다. 이러한 역할을 학계, 법조계, 언론·미디어 현업 종사자 등 각계 전문가로 구성된 '미디어발전국민위원회'가 하게 될 것이다. 이제야말로 문제가 되었던 미디어 관련법에 대한 제대로 된 국민적 평가와 여론이 형성되는 것이다.

100일 동안 국민의 여론이 어떻게 반응할지는 아무도 모른다. 국민은 여야 양측의 입장을 공청회, TV 토론회, 전국 순회 토론회 등을 통해 가감 없이 동등하게 제공받게 된다. 국민은 누가 더 합리적이고 객관적인 근거를 갖고 주장하는지 판단하게 될 것이다. 국민은 합리적이며 객관적이고, 우리 사회의 근간인 민주주의를 발전시키는 주장에 귀 기울일 것이며 옳고 그름을 가려낼 것이다.

현재까지 대다수의 여론조사에서 60% 이상의 다수 국민이 반대하는 언론 악법이었지만, 우리는 여야 간 형평성을 고려하여 5:5 동수의 비율로 구성하는 양보를 했다. 서로 같은 조건에서 형평성을 맞춘 것이다. 이제 와서 한나라당이 객관적으로 수렴된 여론을 외면하거나, 법안 개정에 반영하지 않겠다면 이는 분명한 민주주의 파기이며, 여야 합의 파기이다. 이로 인한 모든 정치적, 도의적 책임은 한나라당에 돌아갈 것이며, 외면당한 국민의 거대한 분노에 직면하게 될 것이다. 한나라당의 불행한 종말로 이어질지도 모를 일이다.

* 2009. 3. 7

녹색성장은 무한질주가 허락된 '하이패스' 인가?

—정책 생태계를 해치는 정치 관료들의 아부와 과잉 충성을 경계하라

신록의 계절에 녹색형 아부주의보가 필요한 것은 유감이다.

정부부처는 물론 금융계, IT계, 여성계 등 온통 '녹색성장' 계획을 경쟁하듯 내놓고 있다. 이명박 대통령이 퇴임 후에도 '녹색운동' 을 하겠다고 밝힐 정도로 현 정부는 녹색운동에 사실상 올인하고 있다.

여론의 역풍을 맞아 좌초 위기에 처했던 한반도 대운하를 녹색성장 전략의 핵심사업인 '4대강 살리기' 사업으로 위장했다는 의혹은 더 이상 새롭지 않다. 그만큼 녹색성장이라는 말이 이 정권에서 얼마나 정직하게 사용되고 있는지 의구심을 갖는 국민이 많아졌다.

사실 녹색성장이라는 것은 '기후변화협약' 에 따른 국제적 약속에서 출발한다. 환경과 경제 발전이 상호 시너지를 일으키는 선순환을 이루겠다는 취지이다. 그동안 성장만능주의와 반환경개발주의에 매몰되었던 이명박 정부가 이제라도 녹색성장을 국정의 제1과제로 채택한 것은 어찌 보면 환영할 만한 일이다.

그런데 문제는 이명박 정부가 정작 에너지 자원과 환경의 문제 해결에 집중하여 정책 효과의 비전을 제시하기보다는 국정 전 분야를 녹색의 저인망으로 훑어 복지와 성장이 선순환하는 정책 생태계를 고갈시켜 간다는 느낌이다. 정부부처 내에서는 추진사업에 '녹색' 이나 '그린' 이라는 문구가 있어야 예산 배정을 받을 수 있다는 자조 섞인 목소리도 흘러나온다. 그러다 보니 녹색성장과는 하등의 관계가 없어 보이는 사업에 참 뜬금없게도 '녹색' 의 깃발이 휘날리는 것을 보게 된다. 이제 녹색성장은 이명박 정권 하에선 별도의 검표가 필요 없는 무한질주의 '하이패스' 가 된 느낌이다.

녹색성장? 좋다. 문제는 지나치다는 점이다. 저탄소 청정에너지와 경제 발전의 선순환, 얼마나 멋진 일인가? 그러나 대규모 토목공사 외에는 이렇다 할 국가 비전을 갖지 못했던 이명박 정부가 "이거로구나"하고 쾌재를 불렀을 법한 녹색성장이 원래의 목표와 취지보다는 국정 전반에 바이어스(bias)를 주는 돌에 낀 녹색 이끼 같은 존재가 되어가고 있는 것은 아닌지 돌아봐야 한다.

이런 편향과 돌출의 배후에는 일부 정치 관료들의 아부와 과잉 충성이 있다. 살아 있는 권력에 대한 아부와 과잉 충성은 국가 사업을 온통 녹색으로 도배질하는 것에서 더 나아가고 있다. 대통령에 대한 과잉 충성이 대통령에 향한 정직한 보좌를 어지럽히고 국정의 중심을 흔들 기미마저 보이고 있다.

'녹색성장' 이라는 하이패스를 장착하고 국회나 시민사회의 검증과 견제는 아랑곳하지 않고 고속질주를 하겠다는 발상은 국회 무시, 국민 경시의 오만과 횡포로 나타나고 있다.

그동안 지켜본 경험으로는 일부 정치 관료들의 과잉 충성과 아부는 대통령의 국정 안정성을 해치는 중대한 장애물이다. 이들은 대통령의 국정방향이 11시 방향이면 9시로 좌편향시키고, 1시 방향이면 3시 방향으로 우편향시켜 안정적인 국정 운영을 저해한다. 외교부가 북한의 위성발사 시도에 극단적인 남북 긴장을 고조시킬 것이 뻔한 PSI로 대응하겠다는 발상 역시 우편향적 과잉 충성의 사례이다. 유명환 외교부장관의 야당 의원 비하 발언과 국회 경시 발언도 그 연장선이다.

일반적으로 외교부는 온건타협주의 성향이 세계적 공통현상임에도 우리 외통부는 통일부나 국방부보다 앞장 서 대북 강경노선을 밀어대고 있는 것이다. 청와대의 여의도 혐오 분위기에 편승하여 대놓고 막말을 해대는 장관들이 속출하는 것도 동색(同色)의 문제이다.

녹색성장, 말도 의미도 좋다. 그러나 지금 정부 안에서는 녹색이라는 단어를 일부 과잉 충성 관료들의 아부의 포장지로 쓰여지고 있는 것이다. 내용 있는 정책인지 아부의 포장지인지를 구별해내는 대통령의 안목이 녹색정책의 성패를 좌우할 것이다. 이명박 정부 안에서 녹색이라는 수식어는 과유불급의 경계선을 넘어도 한참 넘은 느낌이다. 이는 우리 사회의 건강한 민주주의적 가치를 저해할 우려가 있을 뿐만 아니라 일부 정치 관료들의 입지를 강화하는 위장 수단으로 악용될 소지가 있다는 점을 모두가 경계해야 한다.

* 2009. 5. 3

이명박 정권에
병적으로 순종하는 KBS
—이제 공영방송의 깃발을 내려야 할 때다

노무현 전 대통령의 서거로 온 국민이 슬픔에 잠긴 서거 당일, 방송사들이 오락프로그램의 방송을 취소하고 숙연하고 경건한 자세를 취하고 있을 때, KBS2 TV는 〈천하무적 토요일〉이라는 프로를 강행하였습니다. 이 프로는 KBS는 '천하무적 야구단' 코너 등으로 연예인들이 억지로 웃음을 자아내게 하는 내용을 다루고 있습니다.

MBC와 SBS는 오락프로를 전면 취소하고, 뉴스 속보나 다큐멘터리 등을 대체 방영하였습니다.

노 전 대통령의 서거로 온 국민이 슬픔에 빠진 지 하루도 채 지나지 않아 웃고 떠들어 대는 프로그램을 버젓이 내보내는 KBS는 이미 공영방송의 신분을 상실한 것입니다. 우리나라의 진정한 민주주의를 뿌리 내리고 특권과 권위주의를 배격하고 평등과 보통의 사회로 개혁했던 직전 나랏님의 서거에 대한 기본 예의마저 내팽개친 처사가 아닐 수 없습니다.

어제 저녁 KBS2 TV 8시 〈뉴스타임〉에서는 봉하마을 조문객을 '관람객'으로 보도하였습니다. 어떻게 이런 일이 있을 수 있습니까. 이 모두는 이병순 사장이 정권의 하수인으로 불려 온 이후 KBS가 공영방송의 사명감을 잃어버리고 정권의 방송으로 전락된 결과로 나타난 것입니다.

이명박 정권의 조종을 받는 이병순 사장의 보이지 않는 손에 의한 감시를 통해 제작진을 옥죄다 보니 KBS 제작진들도 집중력이 떨어지고 원치 않는 상황이 연출될 수밖에 없었을 것입니다.

공영방송의 도리가 아닙니다. 국민의 세금인 수신료로 운영되는 KBS가 이 지경에 이른 것은 결국 정권에 굴욕적인 복종으로 재임명을 갈망하는 이병순 사장의 강요된 주문에 따를 수밖에 없는 시스템으로 전환된 이후 주체성을 잃은 KBS의 진면목을 보여주는 것입니다.

진심어린 당부의 말씀을 드립니다. 이병순 사장은 연임을 위해 정권에 대한 아부와 맹종의 늪에서 탈출하여 진정한 공영방송의 위상을 정립하기 위해 헌신하십시오.

KBS 임직원들은 스스로 외치는 국민의 방송이라는 참된 정체성 회복을 위해 권력 앞에 비굴해지지 말고 반민주적 권위 앞에 떳떳하게 맞설 수 있는 용기를 회복하기를 바랍니다.

* 2009. 5. 26

이명박 대통령이
'좋은 대통령' 되는 법
— '북풍' 과 '몽둥이' 론 좋은 대통령 될 수 없어

고 노무현 전 대통령 국민장 이후 이명박 대통령의 국정 운영 기조에 대한 근본적 변화와 쇄신의 요구가 더욱 뜨겁게 달아오르고 있다. 그러나 강심장 청와대는 아직까진 모르쇠다. 물론 큰 기대는 안 했다. 하지만 아무리 봐도 이건 해도 해도 너무한다.

작년 촛불집회 때에도 대통령은 두 차례씩이나 대국민 사과를 했다. 그러나 촛불이 잠잠해지자 신경질적으로 공안정국을 조성하여 민주 진영 초토화작전을 벌인 바 있다. 여전히 '토벌작전' 은 진행 중이다. 그렇기에 이 대통령이 국정 운영 과오에 대한 사과를 한들 그 진정성을 100% 믿기는 어렵다. 말의 진정성도 그렇지만, 또 말 뿐인 사과로 그칠 공산이 크기 때문이다. 그런데도 청와대는 그 '말' 조차 못하겠다고 버티고 있다. 차라리 솔직한 것일 수도 있다. 어차피 지키지도 못할 말은 안 하겠다는 것이라면.

그런데 국민 대다수는 물론 심지어 여당까지 나서서 요구하고 있는 국정쇄신에 대해 청와대가 화답하지 못하는 이유가 '밀리면 끝장'이라는 판단 때문이라고 한다. 참 답답한 이야기다. 대통령이 국민의 요구에 밀리다니? 국민의 요구에 응하는 것이 민주주의의 기본 아닌가? 국민 여론을 수렴하고 정부가 설득하는 작용과 반작용을 통해 정책 추진의 동력을 삼는 것이 민주주의 정부의 당연한 태도이다. 그런데 국민의 여론을 수렴하면 국민에게 밀린다는 발상을 하고 있다니 참 안타까울 뿐이다. 나라가 이 지경까지 된 이유가 혹시 그것 때문이라는 생각에 가슴을 치게 된다. 국민을 섬기겠다던 취임식장의 이명박 대통령은 지금 어디에 있는가? 곤봉과 전경 버스로 고난의 섬김을 받는 국민들은 울화가 하늘을 찌를 지경이다.

이명박 대통령은 쇄신 요구를 묵살하며 '경제와 남북 관계'만 잘하면 된다고 했단다. 그런데 황망해진 국민들은 가슴을 쓸어내리며 말한다. 그거라도 잘했다면 이렇게까지 국정쇄신을 요구하진 않는다고. 경제는 잘못된 경제정책과 대응으로 단 몇 개월 만에 외환위기보다 더 심각한 경제 위기를 불러왔다. 남북 관계는 10년간 어렵게 키워낸 평화의 싹이 잘려나가고 대결과 증오, 무력 충돌의 순간까지 와 있다. 이 모두가 독단적이고 오만한 국정 운영의 결과이다. 도대체 뭘 더 잘하겠다는 것인지. 국민들은 지금처럼 잘할까 봐 오히려 잠을 설치며 걱정을 해야 할 지경이다.

이 정권이 전국의 수백만 조문행렬과 수십만 노제 행렬을 보고 '소요사태'를 우려해 본능적인 두려움을 느꼈다면 할 말이 없다. 그러나 국민의 기대를 받아 뽑힌 '좋은 대통령'이라면 정권의 위기가 아닌 나라의 위기, 국민의 위기를 먼저 생각해야 한다. 그러기 위해서는 대통령의 심복들 소리가 아닌 국민의 소리에 귀를 열고 국민의 손을 먼저 잡아야 한다. 그런데 이 정권은 오히려 북핵과 미사일 등 안보위협을 부풀려 공안정국을 강화하고, 민주적 국정 운영을 요구하는 국민을 곤봉으로 다스리려는 70~80년대식 낡아빠진 고전적 방식을 답습하고 있다. 용산 참사로 악화된 여론을 무마하기 위해 경찰에 연쇄살인범 검거를 적극 알리라는 청와대발 이메일을 보냈던 정권이니 더 무슨 말이 필요하겠는가.

현재 민주주의와 인권은 매우 심각한 위기에 처해 있다. 시민들의 헌법적 권리인 집회와 시위의 자유마저 박탈당하고 있다. 표현의 자유는 '글쓰기' 와 '책읽기' 조차 어려울 정도로 통제되고 있다.

일부 보도에 따르면 청와대는 법무부 장관 유임을 결정하면서 서거 정국 이후 민심이 생각보다 크게 걱정스러운 상태가 아니라고 판단했단다. 국정 운영에 대한 쇄신 요구는 서거 정국 이전인 지난 4월 재보선의 결과로부터 분출됐다. 그런 국민적 요구가 전직 대통령의 서거 정국을 거치면서 좀 더 강렬하고 직접적으로 표출되고 있는 것이다. 이명박 정권은 이제는 고인이 되신 노무현 전 대통령에 대한 괜한 열등감과 반감을 드러내는 옹졸함을 버려야 한다. 이제라도 국민의 요구와 목소리에 귀 기울여 전면적인 국정쇄신에 나서야 할 것이다. 어쩌면 이번이 '좋은 대통령', '성공한 대통령' 이 될 수 있는 마지막 기회가 될 것이다.

* 2009. 6. 7

'행동하는 양심'이 두려운
청와대의 졸렬한 태도

― '木從繩則直 人受諫則聖(목종승칙직, 인수간칙성)'

내 사무실 책상 위에는 아직도 김대중 전 대통령의 '행동하는 양심' 친필이 새겨진 연필꽂이가 놓여 있다. 폭압적인 군부독재의 억압을 양심과 신념 하나로 이겨내어 마침내 민주 정부로의 평화적 정권 교체를 이뤄낸 김대중 전 대통령의 삶을 응집시킨 말이 바로 '행동하는 양심'이었다. 김대중 전 대통령을 정치적 스승으로서 야당 시절과 청와대에서 직접 모셨던 입장에서 늘 마음에 새겨두기 위함이다.

어느덧 과거형처럼 느껴졌던 그 '행동하는 양심'이 오늘 다시 우리의 게으름과 비겁함에 엄청난 공명을 일으켰다. 노령에 건강조차 안 좋으신 분이 어둠의 독재로 회귀하는 답답한 현실에 피를 토하듯 사자후를 하신 것이다.

안타깝게도 '잃어버린 10년' 만에 다시 정권을 되찾은 한나라당과 이명박 정권은 폭력적이며 반민주적인 국정 운영 행태를 일삼아 지난 10년간 우리가 망각했던 '행동하는 양심'을 2009년 대한민국 한복판

에 다시금 태어나게 하였다.

김대중 전 대통령의 6·15 9주년 기념행사 특별강연은 이명박 정권이 초래한 인권과 민주주의의 위기, 남북 관계의 위기를 전직 대통령으로서, 노벨평화상을 수상한 세계 인권·평화 지도자로서 국가와 국민에 대한 최소한의 도덕적 책무감으로 어렵게 지적한 것이다. 또한, 세계가 반대하는 핵실험과 미사일 시험발사 등 동북아 평화를 위협하는 북한의 준동에 대해 김정일 국방위원장에게도 강력한 메시지를 전달한 것이다.

그런데 이를 두고 청와대와 여권의 반응은 졸렬하고 한심하기 그지없다. 정말 한 나라의 국정을 책임지고 운영하는 집단이라고 하기엔 한없이 낮은 그 수준이 부끄러울 지경이다. 우리의 인권과 민주주의는 분명히 후퇴했다. 지난 2일 발표된 국제사면위원회의 '2009년 연례보고서'는 지난 1년간 한국의 집회·결사의 자유, 표현의 자유가 현저하게 악화되었다고 보고했다. 굳이 제3자인 국제기구의 공식 입장이나 최근의 여론조사자료를 굳이 언급하지 않더라도, 우리 국민들은 민주 정부 10년간 누렸던 자유와 인권, 민주주의가 빠르게 악화되고 있음을 피부로 절절이 느끼고 있다는 것도 이미 세상이 다 알고 있지 않은가.

노무현 전 대통령의 국민장 기간에 전국적으로 500만 이상의 추모객이 다녀간 것은 전직 대통령의 가슴 아픈 서거뿐 아니라, 이명박 정권의 집권과 함께 쓰러져간 민주주의와 인권, 한반도평화에 대한 애도의 물결이었다 해도 과언이 아닐 것이다.

청와대는 김대중 전 대통령의 발언에 대해 '530만 표라는 사상 최대의 표차로 합법적으로 선출된 정부를 마치 독재정권인 것처럼 비판하는 것은 적절치 않다'고 말했다. 대통령과 현 정권의 국민 무서운 줄 모르는 오만방자함의 뿌리가 지난 대선에서 얻은 530만 표라는 표차였다면 그 환상을 이제는 깨야 할 것이다. 이미 우리 주변에는 이명박 대통령을 찍었던 많은 사람들의 진심어린 자책과 후회의 한숨으로 가득 차 있기 때문이다. 대통령 보좌의 핵심 중의 핵심들인 청와대 수석비서관 회의에서 나온 발언들이라고 상상하기 어려운 그 외의 조악한 반응들은 청와대의 현 시국에 대한 저열한 인식 수준과 함께 스스로 인적 쇄신의 필요성을 거듭 확인해 줄 뿐이다.

국민과 국정에 대한 진심어린 고언을 한 전직 대통령에 대해 공식 회의석상에서 '~씨'라며 호칭을 생략하고 원색적인 비난을 퍼붓는 한나라당 지도부의 행태를 보건대 그들이 얼마나 민주 정부의 전직 대통령 두 분을 능멸해 왔으며, 인정하지 않고 있었는지를 단적으로 보여줄 뿐이다. 노무현 전 대통령을 죽음에 이르게 한 정치보복적 능욕과 폄하가 결코 몇몇 인성 불량자들의 우발적 행동이 아닌 이 정권의 집단적 적대감의 표출이었음을 반증하고 있는 것이다.

그럼에도 수십 년의 망명과 연금, 5번의 죽을 고비, 6년간의 투옥생활 등 민주주의를 위해 한 점 부끄럼 없이 살아온 김대중 전 대통령의 고언은 그들의 세 치 혀로 결코 더럽혀질 수 없는 확연한 존엄과 권위가 있다. 고언은 쓰다. 쓰기 때문에 그들이 삼키지 못할 뿐이라는 것을 잘 안다. 고언을 삼킬 정도로 인격적 성숙함이 부족하다는 것도 잘 안다. 그 부족함을 절대 탓하지 않겠다.

다만, 명심보감 성심편(省心篇)편에는 '木從繩則直 人受諫則聖(목종승칙직, 인수간칙직)' 이란 공자의 말씀이 있다. '나무가 먹줄(새끼줄)을 따르면 곧아지고, 사람이 간언(충고)을 따르면 거룩해진다.' 는 의미이다.

부디 김대중 전 대통령의 고언을 이명박 대통령이 국정쇄신과 민주주의 회복은 물론 남북 관계 전환의 중대한 계기로 삼기를 거듭 고언 드린다. 국내외 방방곡곡 '행동에 임박한 양심' 들의 절절한 소리에 귀 기울여 줄 것을 거듭 고언 드린다. DJ 전 대통령은 결코 국민의 불행은 물론 이명박 정부의 불행을 바라지 않기 때문에 고언하고 있다는 사실을 청와대와 여당이 하루라도 빨리 깨닫기를 바랄 뿐이다.

* 2009. 6. 14

지혜와 유머,
따뜻한 가슴을 가지신 님
―조세형 상임고문님을 떠나보내며

처음 뵌 것은 지면이었습니다. 워싱턴 특파원 시절 한국일보에 연재되었던 전면기사였던 것으로 기억합니다. 제가 청소년 시절 당신께서 워싱턴에서 본 세상 이야기를 능숙하고 빼어난 글 솜씨로 엮어내던 그 글들이 어찌 그리 재미있고 유익하든지요.

그러던 제게 참 뜻밖의 행운이 찾아들었습니다. 87년 대선을 앞두고 평민당 전문위원으로 정치 첫 걸음을 떼었을 때, 당신은 평민당 홍보위원장으로 저의 직속상관이셨습니다.

당신은 '정치'라는 무거운 일을 유머라는 지렛대로 가볍게 들어올릴 줄 아는 분이셨습니다. 또 '정치'라는 복잡하고 답답한 일을 지혜라는 등불로 환하게 밝힐 줄 아는 분이셨습니다. 정말로 존경하지 않을 수 없었습니다.

게다가 신언서판을 두루 갖춘 매우 보기 드문 정치지도자였습니다. 훤칠한 키에 호쾌한 인상, 당대의 시대정신을 일깨우는 필력과 담대

한 판단력은 우리 민주 세력의 큰 버팀목이었습니다.

김대중 전 대통령께서도 늘 복잡하고 어려운 일에 대해서만큼은 당신의 조언을 듣고자 하였습니다. 감히 제가 기억하건대, 두 분이 서로 개인적 친분 때문이 아니었습니다. 마치 고수들이 일견(一見)만으로도 상대를 알아보는 것과 같았습니다. 오죽하면 두 분을 모셨던 저희들은 당신을 'DJ어른과 선문답이 가능한 유일한 정치인' 이라 부르곤 했습니다.

당신은 우리 현대 정치사에서도 커다란 족적을 남기셨습니다. 1988년 2·12 총선에서 초유의 여소야대가 되자, 당신은 그 정치적 의미를 가장 먼저 꿰뚫고 당시 김대중 총재에게 원 구성에 앞서 강력한 대여 협상을 조언하였습니다.

그 후로 여당이 독식하던 상임위원장 자리가 야당에게도 의석수 비율로 배분되는 새로운 계기가 마련되었지요.

　1997년 대선 정국, 당신에게 '조 대행'이라는 닉네임을 붙여준 새정치국민회의 총재권한대행 시절이었지요. 당시 집단지도체제 하에서 30일씩 총재권한대행을 하기로 하고 첫 번째 타자로 들어선 당신은 능력이 받쳐주는 지도력으로 3년을 내리 맡게 되었지요. 당시 지혜로운 당 운영은 김대중 대통령에게도 엄청난 믿음을 주었고, 북풍공작도 이겨내며 역사적인 정권 교체의 든든한 버팀목이 되었습니다.

　2002년 노무현 대통령 후보를 탄생시킨 '국민경선' 성사를 위해 보이셨던 열정과 노력은 우리 모두의 기억에 선연합니다. 당신은 국민경선준비위원장으로서 각 후보 진영에서 파견된 위원들의 복잡한 이해관계와 요구를 합의에 이르게 해야 하는 막중한 책임을 맡게 되었습니다. 아마도 당신이 아니었다면 불가능한 일이었을 것입니다. 국민경선이라는 사상 초유의 제도를 도입하기 위해 한 달여 이상을 밤을 지새고, 토론을 하고, 때론 격정의 눈물로 상대를 설득하기도 했습니다. 결국 국민경선은 대성공이었고, 정권 재창출의 큰 밑거름이 되었습니다.

　이렇듯 당신은 민주당이 어려운 상황과 고비에 처해 있을 때마다 신선한 아이디어와 범접하지 못할 열정으로 후배 정치인들에게 청명한 공명을 울려주었습니다. 특히, 당신은 큰 정치인 이전에 큰 언론인이었습니다. 대한민국 해직기자 1호로 민주언론의 신화였습니다. 안타깝게도 언론의 자유가 권력에 의해 위협받는 지금의 현실에서 당신의 부재는 정치권 뿐만 아니라 후배 언론인들에게도 더 크게 다가올 것 같습니다.

이제 당신을 떠나보내야 합니다. 살아계실 때, 자주 찾아뵙고 더 많
은 배움을 얻지 못한 아쉬움과 죄스러움이 이제야 한껏 밀려옵니다.
감사하고, 죄송합니다.

전병헌 올림.

* 2009. 6. 19

호박에 줄 긋는다고
수박 되나?

─낮간지러운 MB의 중도 · 서민 타령

참 뜬금없이 중도 · 서민 타령이다. 얼마나 놀랄만한 일이면 대통령이 서민 음식의 대명사 떡볶이와 오뎅 먹는 사진이 일간지 1면을 장식하겠는가. 그런데 이제라도 서민과 중도를 찾는다니 한편으론 반가우면서도 한편으론 낯간지러움을 참을 수 없다. 사족이지만, 오뎅 먹는 와중에 뒤편에선 골목 가득 경호원들이 서민들의 접근을 가로막고 있는 모습은 아무리 봐도 민망하다. 떡볶이와 오뎅은 서로 어울려 먹어야 제 맛이라는 사실을 아직까지 모르고 있는 것 같다.

이명박 정권은 부자 특권층에게 올해에만 약 7조 1천억 규모의 감세를 해 줬다. 2014년까지 따지면 30조 원이 넘는다. 종합부동산세, 소득세 감면, 다주택자 양도세 중과, 법인세율 인하 등 상위 1% 부자들과 대기업들만을 위한 세금 감면 잔치이다. 민주당을 비롯한 야당이 대규모 세수 감소로 인한 국가재정 건전성 악화를 우려했지만, 밀어붙였다. 그리고는 요즘 부족 세수를 메우기 위해 중소기업과 서민,

농어민들의 비과세, 감면을 대폭 축소하겠다고 한다. 게다가 특소세나 부가세 등 일반 국민들이 부담하는 간접세를 인상할 움직임도 있다고 한다. 한마디로 부자들 퍼주고, 서민들 등골 빼는 정책을 구사하시겠단다.

앞에선 사진 찍고 뒤에선 등골 빼면서 서민 찾으면 섭섭하다. 더구나 더 가관인 것은 최저임금 협상과정이다. 최저임금을 삭감하려는 것은 제도 도입 22년 만에 처음이자 세계적으로도 최초라고 한다. 사용자단체는 이명박 정권의 반서민 · 친재벌 기조를 등에 업고 현재 시급기준 4,000원에서 단돈 몇 십 원이라도 삭감해야 한다고 버티고 있다. 최저임금 인상 효과는 내수 진작에 절대적이지만, 사용자단체(전경련, 경총 등)의 탐욕은 끝이 없다.

비정규직법의 취지는 비정규직의 유지가 아니라 정규직 전환이다. 정부의 당연한 임무는 정규직 전환을 독려하고 지원하는 것이다. 그런데 MB 정권은 '100만 실업난'을 유포하며 철저하게 재벌의 편을

들고 있다. 비정규직 신분으로 사용할 수 있는 기간을 더 연장하겠다
는 것인데, 이 역시 서민의 편이 아닌 재벌의 이익을 대변하는 정권의
속성 때문에 가능한 것이다. 서민 근로자들의 삶을 근본적으로 규정
하는 '최저임금제와 비정규직법' 에 대한 이명박 정권의 반서민적 태
도가 바뀌지 않으면 그 어떤 떡볶이쇼나 오뎅쇼도 서민들에겐 감동을
줄 수 없다. 한마디로 호박에 줄 몇 개 긋는다고 수박이 되진 못한다.

아마도 어린 학생들에게는 '듣보잡' 인 '대한 늬우스' 가 다시 부활
했다. 과거 독재 시절 '땡전 뉴스' 와 쌍벽을 이루는 관제홍보의 상징
이 다시 돌아온 것이다. 그나마 서민들이 비교적 저렴하게 여가시간
을 보낼 수 있는 영화관마저 관제홍보의 장소로 활용하겠다는 그 발
상이 놀라울 따름이다. 게다가 웃기지도 않는 패러디로 웃기려다 여
성 비하 시비까지 붙고 있는 중이다. 이 정권의 수준은 도저히 우리
국민들이 뽑은 정권이라고는 믿어지지 않을 정도이다.

이명박 정권은 이제라도 호박에 줄 긋는 홍보용 시늉을 그만두고
근본적인 자기 성찰이 필요하다. 4대강 살리기에 수십조 원을 퍼붓기
전에 경제정책 실패로 도탄에 빠진 '서민 살리기' 에 나서야 한다. 공
안탄압과 언론장악으로 초죽음이 된 '민주주의와 인권 살리기' 에 나
서야 한다.

시국선언이 1만여 명을 넘어섰다. 87년 이래 최대 규모다. 그러나
청와대는 나머지 4,449만 명은 시국선언하지 않았다고 버티고 있는
모양새다. 아직도 530만 표 차의 흘러간 감동에 젖어 그 부끄러운 권
좌를 지키고 있는가 보다.

* 2009. 6. 27

박근혜가 말한
국민은 누구인가?
―숟가락 정치 그만두고 맞장토론 받아라

이번 언론 악법 날치기 과정에서 보여준 박근혜 전 대표의 모습은 숟가락 정치의 달인 수준이었다. 스스로를 내건 정치적 노력 대신 여야의 틈바구니에서 정치적 떡고물만 챙기려는 하이에나식 정치는 이제 그만두어야 한다.

박근혜 전 대표는 언론 악법에 대해 '여야 간의 합의 처리'와 '직권 상정하면 반대표'라는 숟가락을 얹어 잠시 언론 악법의 최대 수혜주로 떠올랐다. 민주당 역시 박근혜 전 대표의 한계를 알지만, 적어도 이런 중차대한 문제를 갖고 감히 자신의 '숟가락 정치'를 하리라곤 꿈에도 생각 못했다. 그러나 달인 수준의 박 전 대표는 이번에도 숟가락 정치에 성공한 듯 보였다.

박 전 대표의 숟가락에 깜짝 놀란 한나라당 지도부는 호들갑을 떨며 실체도 없는 박 전 대표의 안을 반영했다는 등 온갖 거짓말과 숫자놀음의 최종안을 내놓았다. 박 전 대표가 말한 "여야 합의"는 간데없었다. 그럼에도 박 전 대표는 난투극 국회 현장을 보면서도, "이 정도 안이면 국민의 공감을 얻고 있다."고 발언했다.

박근혜 전 대표에게 묻고 싶다. 원안과 별 차이 없는 한나라당의 최종안에 대해 어느 국민이 공감했는가? 단 며칠 만에 '반대'에서 '공감'으로 오락가락한 이유가 무엇인가? 수구보수집단들의 집단 시위와 반대가 두려웠는가? 그렇다면 차라리 국민을 팔 것이 아니라 수구집단들이 공감할 만하다고 했어야 하지 않는가?

박근혜 전 대표에게 제안한다. 국민이 공감한다고 하는 날치기 언론 악법에 대해 공개토론을 하자. 과연 우리 국민이 언론 악법에 공감하고 있는지, 아닌지 가려내자.

친박계 표를 담보 삼아 '반대표' 숟가락을 올려놓더니, 직권상정 이후엔 국민을 파는 숟가락으로 또 장사를 하려는 것은 박근혜 스스로 몰염치한 정치인임을 드러낸 것이다. 이제 그런 숟가락 정치는 그만두어야 한다.

* 2009. 7. 24

세계의 거인, 누워 계신 마지막 모습조차도 위엄과 경외에 전율

─영원한 청년 김대중, 행동하는 양심으로 부활하소서

8월 20일 오후. 국장을 치르기 위해 고 김대중 대통령님의 시신을 국회로 안치했습니다. 국회로 모시기 전, 김대중 대통령님과의 마지막 작별 인사를 드렸습니다. 이희호 여사님을 비롯하여 아들, 손주들이 모여 경건한 분위기에서 입관 미사를 드리는 자리였습니다. 당신의 서거를 누구보다 담담하게 받아들이셨던 이희호 여사님의 어깨도 끝내 흐느낌에 흔들리셨습니다. 어둠의 시대를 함께 헤쳐왔던 동지이자 평생의 반려자였던 당신께 이제는 들려줄 수 없는 마지막 편지가 낭독될 때에는 그 자리에 함께한 모두는 비통함과 슬픔에 흐느끼지 않을 수 없었습니다.

영면에 임하기 위해 누워 계시는 모습조차도 저에게 무거운 전율이 느껴졌습니다. 지난달 13일부터 돌아가시기까지 35일간을 중환자실에서 죽음과 사투를 벌인 분의 표정이라 믿기지 않을 정도로 얼굴에는 평온함과 강건함이 넘쳤습니다. 그 평온하신 표정에는 과연 한국

현대사의 거인다운 위엄과 경외가 거침없이 뿜어져 나왔습니다.

김대중 대통령은 아주 특별한 분이셨습니다. 그래서 나무로 치면 거목(巨木)이요, 별로 치면 거성(巨星)이라 하였나 봅니다. '하인과 아내에게 영웅은 없다' 란 서양 속담이 있습니다. 아무리 영웅이라 해도 가까운 사람들에겐 자신의 인간적인 허물을 그대로 보여줄 수밖에 없기 때문에 생겨난 말입니다. 그러나 김대중 대통령을 곁에서 모셔 본 저로서는 이런 속설이 고인에겐 예외라는 사실을 알게 되었습니다.

김대중 대통령에 대한 세간의 평가는 극과 극을 달립니다. 가까이 모셨거나 함께 지냈던 분들은 그 인간적 깊이와 넓이에 존경심을 넘어 경외심을 갖게 됩니다. 반면 대통령을 제대로 알지 못하는 사람일수록 음해와 독설의 세 치 혀를 쉽게 내돌립니다. 일생의 대부분을 고난의 정치인으로 살아오셨기에 어쩌면 당연하다 싶기도 하지만, 이제

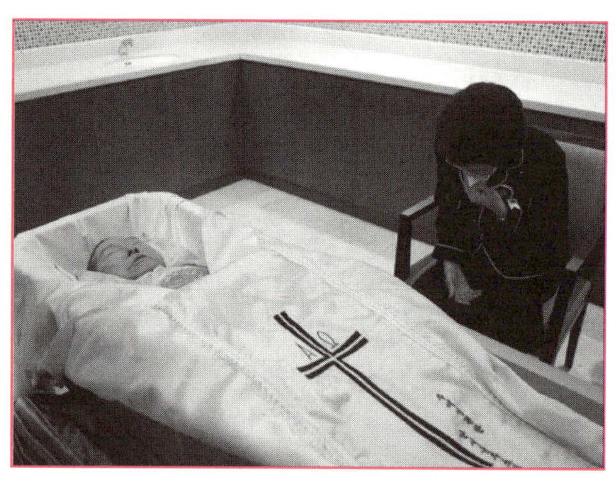

입관식, 김대중 전 대통령과 흐느끼는 이희호 여사. ⓒ민주당, 민두TV

영면에 드신 모습을 보면서 그 진짜 모습을 국민께 다 보여드리지 못한 것이 사무치도록 아쉽고 안타까울 뿐입니다.

그럼에도 좁은 한국에서 한 발 떨어져 보는 세계는 김대중 대통령을 세계적 인물로 꼽는데 조금도 주저하지 않습니다. 서거에 대한 외신의 태도와 보도내용은 이를 잘 보여주고 있습니다. 민주주의와 인권, 평화는 비단 우리만의 문제가 아니라 인류 공동의 과제이자 이슈였기 때문입니다. 따라서 이 분야에 대한 세계 각국의 평가는 정치적 이해관계나 감정에 얽매인 국지적 편협함을 넘어서게 됩니다. 김대중 대통령의 삶은 곧 민주주의 쟁취 투쟁이었고, 인권 옹호의 희생이었으며, 평화를 만들기 위한 헌신이었습니다. 그렇기에 한순간의 반짝이는 공적으로는 도저히 근접할 수 없는 노벨평화상을 받은 것입니다.

대통령께서 마지막 입원을 하셨을 때 여러 차례 병문안을 했습니다. 언론 악법이 통과된 날로부터 시작된 언론 악법 무효 투쟁으로 숨쉴 틈 없는 나날들을 보냈어도 마음 한켠은 늘 그곳을 향해 있었습니다.

그런데 병문안을 갈 때마다 위로를 드리기는커녕 두 분으로부터 더 커다란 위로와 응원을 받아 나올 수밖에 없었습니다. 노부부께서는 정신적 강건함으로 오히려 찾아오는 분들의 마음을 하나하나 헤아리고 용기를 베풀어 주셨던 것 같습니다. 지금도 병문안을 갈 때마다 따뜻한 웃음과 꼭 잡은 손으로 힘을 내리던 이 여사님의 모습이 눈에 선합니다. 이미 하나님의 뜻에 맡기신 듯한 그 모습은 사후에도 함께할 것이라는 확신과 죽음을 두려워하지 않는 편안함 그 자체였습니다.

김대중 대통령의 정신적 강건함은 죽음과의 사투가 벌어지는 마지막 순간까지도 사그라지지 않았던 것 같습니다. 둘째아들 김홍업 전 의원(사석에서는 늘 형님이라 부릅니다.)이 들려준 이야기입니다. 의료진도 포기했던 고비의 순간마다 김홍업 전 의원이 아버지의 손을 꼭 붙들며 간절하게 "아버지, 예수님 꼭 붙드세요." 했답니다. 그러면 주무시는 줄로만 알았던 아버지께서 끊어질 듯 이어지는 주의를 하나로 집중시켜 '알았다'는 무언의 응답을 하여 새삼 놀랬다고 합니다. 과연 죽을 고비를 숱하게 넘기신 분답다는 생각을 했다고 합니다.

지난주에 생환 36주년 기념미사가 있었습니다. 박정희 정권 시절 중앙정보부 요원들에게 납치되어 일본의 한 호텔에서 토막살해 고비를 넘기고, 다시 현해탄에서 수장될 처지에 놓였었습니다. 거의 실신한 가운데에서도 "예수님 살려주세요."라고 마지막 절규를 하자 예수의 모습이 언뜻 보이더니 어느새 박정희 정권의 살해 음모를 막으려던 미군 헬기가 나타나 기적같이 생명을 이어갈 수 있었던 일화가 떠올랐습니다.

대통령과 둘째아들의 말이 필요 없는 대화는 계속 되었습니다. 김영삼 전 대통령이 병문안을 다녀간 후, 김홍업 전 의원이 "아버지는 비록 누워 계셔도 우리 사회의 갈등과 아픔을 많이 치유하고 계십니다."라고 하자, 대통령께서 손을 꼭 잡았다고 합니다. 또한, 빌 클린턴 전 대통령의 방북을 보고받고는 매우 안도하는 표정을 보이셨다고 합니다.

'존경하고 사랑하는 국민 여러분', 김대중 대통령의 모든 연설에는 늘 이 문구가 앞에 섭니다. 그런데 이 문구의 원조는 이희호 여사에게 보낸 편지의 서두였다고 합니다. 부부이면서 동시에 시대와 역사가 맺어준 동지였기에 존경과 사랑은 한결같을 수밖에 없었을 것입니다. 처음 연을 맺은 이후 부부의 이름이 나란히 걸린 동교동 자택의 문패는 두 분의 예사롭지 않음을 세상에 보여주었습니다. 천주교와 개신교로 종교도 사뭇 달랐지만, 두 분의 신실한 신앙심 앞에서는 인간이 만든 종교의 벽은 존재하지 않았습니다.

김대중 대통령의 거목으로서의 진정한 면모는 지난 6·15 남북공동선언 9주년 특별강연회에서도 나타났습니다. "행동하지 않는 양심은 악의 편"이라며 "모두가 양심을 갖고 있다면 이 땅에 독재가 다시 일어나겠느냐." 진정 온 힘을 다해 위축되어 있는 시대의 양심들을 일깨웠습니다.

민주주의가 위기에 처한 암울한 시대에 대한 통렬한 비판도 놀라웠지만, 더욱 놀란 것은 팔십을 훌쩍 넘긴 노인이라고는 도저히 믿기지 않을 정도의 엄청난 열정과 패기로 좌중을 압도한 것입니다. 팔십여 년 평생을 정열적으로 에너지를 쏟아내고 다시 재충전하는 스스로만의 훈련을 통해 마지막 순간까지 늘 스물여덟의 정신과 열정을 갖추셨던 것 같습니다.

석 달 만에 두 분의 전직 대통령을 모두 떠나보내게 되었습니다. 비통하고 참담함을 감출 길이 없습니다. 이제 이 두 분의 '유지'를 우리가 어떻게 계승해야 하는지 진지한 논의와 행동이 시작되어야 할 것입니다. 일부 보수 세력들은 두 전직 대통령의 서거에 대해 일말의 성찰도 반성도 하고 있지 않습니다. 물론, 기대도 하지 않지만 오히려 김대중 대통령의 서거에 무임승차하여 '자기반성 없는 화합'을 주장하고 있습니다. 그러나 우리는 '무조건 화합'이라는 공허한 구호에

김대중 전 대통령 동교동 자택에서.

좌고우면할 여유가 없습니다. 이제야말로 우리는 거꾸로 돌아간 세상을 다시 앞으로 전진시키는 '행동하는 양심'으로 거듭나야 합니다. 이를 위해 서로를 더욱 격려하고 보듬으며 앞으로 나아가야 할 것입니다.

이것이 '영원한 청년 김대중'이 우리에게 마지막 숨까지 보여준 '행동하는 양심'이었을 것입니다. 우리가 이 우울하고 암울한 시대에 '행동하는 양심'이 되는 순간, '청년 김대중'은 우리들 가슴속에 새로운 생명으로 부활할 것입니다.

* 2009. 8. 21

차라리
방송약탈이라 부르자

이명박 정권의 방송장악 기도가 본격화되고 있다. 이 정권은 KBS와 방송문화진흥회 신임 이사진 구성을 마치자마자 압도적인 수적 우세를 앞세워 '이사회 의결' 이라는 합법적 방식을 통해 공영방송장악 플랜을 가동하기 시작했다.

방송장악 2탄의 서막이 오른 것이다. 그런데 그 행태를 보면 차라리 무소불위 권력의 방송에 대한 약탈 행위에 가깝다. 국가권력기관을 총동원한 방송약탈 총력체제를 구축하여 방송의 핵심기능인 여론형성과 비판기능을 무력화시키고 방송권력 친위대를 내려 보내 언론통제를 강화하겠다는 것이다. 민주주의야 어찌되든, 민생이야 어찌되든 장기집권의 미래가 보장된다면 방송의 독립성쯤이야 얼마든지 약탈하고 짓밟아도 된다고 생각하는 것 같다.

최근에는 이전보다 더욱 조직적이고 대담하며 교활한 수법들이 동원되고 있다. 합법의 탈을 쓰고 자신들의 방송장악 음모를 숨기면서도 교묘하게 공영방송의 숨통을 조여오고 있다.

이명박 정권이 국가권력을 총동원하여 쫓아낸 KBS 정연주 사장과 신태섭 이사 등이 사법부에 의해 무죄로 판결되었지만, 그들은 일고의 성찰이나 반성도 없다. 다만, 1년 전 극악무도했던 방식대신 보다 세련되면서도 교활한 약탈방식을 학습한 듯 보인다.

새로 구성된 방송문화진흥회(방문진) 김우룡 이사장은 MBC 경영진에 대해 경영상의 문제 등을 들어 사퇴 압력을 본격화하기 위한 정지작업을 시작했다. 또한, 국민적 사랑과 신뢰를 받고 있는 MBC의 〈PD수첩〉, 〈100분 토론〉등 시사·보도 프로그램에 대해서는 노골적인 적대감을 드러내며 이 역시 경영진의 책임으로 돌려세우고 있다.

결국 임기가 남은 현직 사장을 KBS처럼 쫓아내고 청와대가 낙점한 새로운 낙하산 사장을 내세워 조직 장악과 시사·보도 프로그램을 무력화할 것이라는 일각의 우려를 그대로 집행하려하고 있는 것이다.

방문진은 8월 26일 'MBC 현안보고'에 이어 다음달 2일 'MBC 총괄평가'를 위한 이사회를 열 예정이다. 이 자리에서 불순한 의도를 가진 자들이 임기가 보장된 현직 사장에 대해 재신임 운운하며 사퇴를 요구한다면 거역할 수 없는 국민적 저항에 직면하게 될 것이다. 특히, 김우룡 이사장은 아무리 권력의 보호막이 있더라도 이제까지 한 번도 경험하지 못했던 가장 혹독하고 곤혹스런 나날들을 보내게 될 것임을 엄중히 경고한다.

또한 최시중 방송통신위원장은 지난 27일 KBS를 '색깔이 없는 방송'으로 만들겠다고 밝혔다. 우리 사회의 비판적 감시자 역할을 해야 할 공영방송의 눈을 빼고 입을 틀어막겠다는 것이다. 권력의 치부를 번거롭게 가릴 필요도 없고, 재벌의 특혜도 숨어서 주고받을 필요가 없는 세상을 만들려는 것이다. 그동안 공영방송 사수를 위한 KBS 임직원들의 끈질긴 저항에도 불구하고 사실상 관영방송으로 전락시키고 있는 것도 모자라 이젠 아예 볼 수도, 말할 수도 없는 지경으로 만들겠다는 진정한 색깔을 내보인 것이다.

최 위원장은 또한 EBS를 KBS와 통폐합 운운하며 사교육 대행기관쯤으로 생각하는 낮은 인식 수준을 드러냈다. 한편, YTN은 배석규 사장대행체제로 바뀐 후 노조활동에 적극적인 언론인들을 지방으로 보내는 등 노조 탄압의 수준이 도를 넘고 있다.

현재 대한민국 주요 방송사에서 벌어지고 있는 이 모든 일련의 사태들이 결국 이명박 정부와 한나라당 정권의 방송약탈 플랜에 의한 것임을 국민들은 모두 알고 있다. 최시중 위원장과 김우룡 방문진 이사장, KBS 신임 이사장 및 친정부 이사진이 주축이 되어 본격적인 방송 장악을 획책할 것으로 보인다. 그러나 모든 것이 이 정권의 각본대로 진행되지는 않을 것이다. 갈수록 또렷해지는 사법부의 정의로운 판단력이 살아나고 있으며, 언론인과 시민사회는 물론 국민의 저항 역시 더욱 단호해지고 있기 때문이다. 이 정권은 온갖 기교와 술수를 부려 국민과 역사를 속일 수 있다고 착각하고 있다.

국민은 하늘이다. 방송을 장악하여 입맛대로 뉴스만을 내보내겠다는 기도는 손바닥으로 하늘을 가리겠다는 발상에 다름 아니다. 그러나 손바닥으로 하늘을 가릴 수는 없는 일임을 이명박 정권과 한나라당은 명심해야 할 것이다.

* 2009. 8. 30

다시 태어난 숭례문 현판,
그 앞에 서다

─불통의 시대에 소통을 생각하다

누구든 기억할 것이다. 2008년 2월 10일 새벽의 화재. 서울 도심, 그
것도 명색이 '국보 1호'에서 일어난 화재사건. 충격이었다. 우리의
혼과 정신이 무너지는 기분이었다. 우리는 누구라 할 것 없이 깊은 슬
픔과 애통함에 젖지 않을 수 없었다. 순박한 우리 국민들은 '나라에
무슨 변고라도 생기지 않을까' 걱정하기도 했다. 때마침 며칠 후 이
명박 대통령의 임기는 시작되었고, 우리는 지금까지 때 아닌 '격동의
세월'을 헤치며 살아와야 했다.

숭례문 원형재 중 유일하게 수습할 수 있었던 현판의 복원식이 약 1
년 5개월 만인 오늘 있었다. 꽃은 꽃이라는 이름 때문에 꽃이 될 수
있다 했던가. 숭례문을 숭례문일 수 있게 한 것 역시 그 이름이 오롯
이 새겨진 현판 때문이다. 그만큼 오늘의 현판 복원식은 화재로 잃어
버린 국보 1호를 통째로 다시 본 것처럼 반가운 일이었다. 그럼에도
복원된 현판을 맞이하며 숭례문에 대한 미안함을 달래려고 늘어선 우

숭례문 화재는 앞으로 벌어질 ‘소통의 부재’ 를 알리는 준엄한 경고였을까?
문(門)은 안과 밖의 소통의 통로이다. ⓒ연합뉴스

리 시민들의 긴 행렬과 대조적으로 본행사는 그 많은 한나라당 의원
한 명 없이 조촐하다 못해 초라하게 치러졌다.

숭례문 화재는 앞으로 벌어질 ‘소통의 부재’ 를 알리는 준엄한 경고
였을까? 문(門)은 안과 밖의 소통의 통로이다. 사람과 사람을 잇고,
마음과 마음을 잇는 소통과 발전의 공간이다. 그 문이 뜻하지 않은 화
재로 화마에 무너져 내렸을 때 어쩌면 우리가 지금 겪고 있는 ‘불통
의 시대’ 가 예견된 것인지도 모르겠다.

촛불집회, 용산 참사, 노 전 대통령 노제, 서울시민광장 봉쇄, 대한
문과 서울역 분향소, YTN 공정방송탄압 등… 공교롭게도 우리 사회
를 떠들썩하게 만들었던 대형 이슈의 중심에 늘 숭례문이 서 있었다.
그래서인지 숭례문의 화재는 문화재 화재 이상의 의미를 지니게 되는
것인지도 모른다. 불통과 먹통의 시대를 예견한, 아니 엄밀한 의미에
서 불통의 시대를 살아가야 할 우리 국민의 운명을 앞서서 슬퍼하고

안타까워하며 먼저 산화해 간 것은 아닌지 절로 숙연해진다.

숭례문 화재 이후 오늘 현판식까지 1년 5개월 여의 세월은 정말 견디기 어려운 반동의 시기였다. 그 누구도 우리가 피땀 흘려 일궈놓은 인권과 민주주의가 한순간에 독재 시절의 처절한 외침으로 다시 내몰릴 것이라곤 상상하지도 못했다. 그 누구도 우리가 민족사적 사명감과 동포애로 한발 한발 조심스레 내디뎌 왔던 남북 관계가 오늘날처럼 심각한 적대적 관계에 이르게 될 줄은 상상하지 못했다.

현판에 이어 숭례문 전체의 복원이 멀지 않았다. 다시 복원될 숭례문과 더불어 사람과 사람, 시대와 시대, 세대와 세대, 계층과 계층 사이의 '소통'의 가치도 함께 복원되기를 바란다. 이명박 정권은 숭례문 현판의 거듭남을 계기로 소통의 의미를 다시 되새겨 봐야 한다. 문을 걸어 잠금으로써 스스로 가두는 우를 범하지 않기를 바란다. 거짓 소통과 불량 소통으로 국민을 눈속임하려 해서도 안 된다. 비록 한나라당 의원 한 명 참석하지 않은 초라한 행사였지만, 우리 시민들의 긴 행렬은 바로 소통에 대한 갈증, 그 몸부림이었음을 깨닫기 바란다.

아울러, 이건무 문화재청장을 비롯한 관계자 여러분과 특히, 현판 복원에 결정적 역할을 해 주신 오옥진 선생(중요무형문화재 제106호 각자장)과 홍창원 선생(중요무형문화재 제48호 단청장), 그리고 다수의 전수자 여러분들의 노고와 열정에 깊은 감사를 드린다.

* 2009. 7. 4

문화부는
문화 검찰인가?

김윤수 국립현대미술관장, 김정헌 한국문화예술위원장에 이어 황지우 한국예술종합학교 총장이 유인촌 문화부 장관의 표적이 되어 그 직을 잃었다. 김윤수 관장과 김정헌 위원장은 해임을 당했고, 황지우 총장은 표적 감사에 항거하기 위해 총장직에서 스스로 물러났다.

'실기'가 아닌 '이론과'라는 이유로 구조조정을 강요당하고 있는 한국예술종합학교의 서사창작과는 황지우 총장이 평교수로 다시 돌아가야 할 학과다. '황지우 총장'에 이어 '황지우 교수'마저 내쫓기 위해 '서사창작과'를 이론과로 규정하는 문화부의 제멋대로 해석에 그저 웃음만 나올 뿐이다.

유인촌 장관은 문화부 내부 공무원들도 성분 조사를 통해 여러 명 내쫓았고, 지금 이순간에도 문화부에는 과거 전력 때문에 사퇴를 종용당하는 공무원들이 있다. 또 국립오페라합창단원 42명이 한꺼번에 길거리로 내몰리기도 했다. 보수언론과 뉴라이트 계열의 문화예술계 인사들이 '좌파'라고 낙인찍은 문화예술인들의 씨를 말리려는 태세다.

문화부의 행태는 노무현 전 대통령을 죽음으로 몰고 간 정치 검찰의 치졸하고 야비한 수사방식과 너무나 흡사하다. 내쫓을 사람에 대해 '인격 살인'과 '여론 재판'을 진행하고, 특별감사를 통해 뒤를 캐서 먼지를 털고, 반항하면 소송이나 수사의뢰를 해서 괴롭히는 방식이다.

이번 한국예술종합학교 감사는 그 전형을 보여준다. 문화부는 감사를 시작할 무렵, 일부 보수 인터넷 언론에 감사 내용의 일부를 흘려 한국예술종합학교의 교수들이 마치 무슨 큰 비리를 저지른 집단인 것처럼 매도하고, 황지우 총장, 심광현 교수, 진중권 객원교수 등 특정 교수들에 대해서 집중적으로 자료를 요청했다고 한다.

심지어 황지우 총장의 아들이 한국예술종합학교에 입학한 것이 무슨 '비리'라도 되는 것처럼 보수 언론에 정보를 흘리기도 했다. 또한 한국예술종합학교 교수의 자녀 중 개교 이래 지금까지 한국예술종합학교에 입학한 자녀들의 이름 전체를 감사처분요구서에 명시하여 마치 그 학생들이 비리에 연관된 것처럼 보이도록 하였다. 이름이 거론된 학생들에게 씻을 수 없는 상처를 남긴 것이다.

문화부 감사관실은 무려 10명의 감사인력을 44일 동안 상주시키며 한국예술종합학교를 초죽음으로 만들었고, '이론과' 학생의 숫자를 고의로 부풀리고, 예술종합학교가 추진해 온 U-AT 통섭교육의 성과를 폄하하기 위해 문화부의 타 산하기관 관계자를 전문가라는 이름으로 악용하기도 했다. 이 과정에서 교권이 침해당하고, 학문과 예술활

동의 자율성이 억압당했다는 것을 따로 밝힐 필요가 없을 것이다.

문화부의 엉뚱한 검찰 흉내로 인격 살인을 당하고, 자리에서 내쫓긴 분들은 각각 자신이 몸담아 온 문화예술 분야에서 뚜렷한 예술적 성취를 통해 일가(一家)를 이룬 분들이다. 배우 출신의 또 다른 예술가인 유인촌 장관에게 이 예술가들을 모욕할 권리를 누가 주었는지 묻지 않을 수 없다. 또한 예술가들을 추방하면서 도대체 어떻게 품격 있는 문화 국가를 만들겠다는 것인지 묻지 않을 수 없다.

유인촌 장관은 이제 자신의 팔뚝에 빛나는 완장의 매력에서 벗어나야 한다. 거들먹거리며 예술가들과 기자들에게 반말을 일삼는 권력의 미망에서 깨어나야 한다. 예술의 힘은 깊고도 위대하고, 권력은 짧고도 유한하다는 진실을 직시해야 한다.

* 2009. 6. 8

국민 배제(排除) · 여론 배척(排斥)
야당 배격(排擊)의 '삼배(三排) 정권'

엊그제 한나라당 추천위원들이 미디어발전국민위원회 회의를 일방적으로 소집하고 모였다고 합니다. 한나라당 추천위원들의 일방적 회의 운영은 여당의 언론법 단독 강행처리를 위한 신호탄이라는 의구심을 갖게 합니다.

한나라당 측 위원들은 여론조사는 물론 그동안 잠정 합의했던 실태조사(수용자조사)까지도 거부했다고 합니다. 국민 여론 수렴을 위한 여론조사가 미디어위원회의 핵심적인 과제임에도 이를 거부하는 것은 역설적으로 한나라당은 언론법안에 대한 국민의 반대 여론을 이미 잘 알고 있다는 것을 말해 주고 있는 것이기도 합니다.

지난 2일 언론 현업인 3단체가 현업 언론인 및 언론학자들 대상으로 실시한 여론조사 결과, 압도적 다수가 대기업과 신문사가 방송사의 지분을 허용을 반대했고, '만일 국민 여론이 제대로 수렴되지 않을 경우 임시국회 표결 처리를 6월 이후로 미뤄야 한다' 는 주장에 대해서도 동의하고 있습니다.

한국사회여론연구소(KSOI)의 여론조사에서도 언론법 개정에 대해 75.5%가 '반대 여론을 감안해 충분한 논의 후에 합의처리해야 한다.' 고 응답했습니다.

특히 한나라당 지지층마저 '6월에 표결 처리' 해야 한다는 주장은 43.1%인 반면 '충분한 논의 후 합의처리' 해야 한다고 밝힌 지지층은 56.9%나 되었습니다.

이처럼 정부 여당이 강행처리하려는 언론관계법에 대해 국민 대다수가 반대할 뿐만 아니라, 충분한 국민 여론 수렴을 통해 합의처리할 것을 원하고 있는데 한나라당만이 여론조사를 한사코 거부하고 막가파식 밀어붙이기를 하고 있는 것입니다.

한나라당 당원들조차 70.4%가 이명박 정부의 '밀어붙이기' 식 국정 운영 행태를 비판하고 있음에도 불구하고, 강행처리 수순을 진행하고 있는 독단성에 경악하지 않을 수 없습니다.

한나라당이 국민 여론 수렴을 위한 '객관적이고 과학적인 여론조사' 를 실시해야만 임시국회 상임위가 정상적으로 운영될 수 있을 것입니다.

왜 여론조사조차 하지 않으려 하는 것입니까.

왜 국민의 소리를 끝까지 외면만 하려는 것입니까.

왜 국민의 생각을 법에 반영하려 하지 않는 것입니까.

이명박 정권의 반민주 민간 독재에 대한 비판이 교수들과 학생들까지 나서 시국선언으로 이어지고 있는데도 이명박 대통령과 청와대는 눈과 귀를 막고 있습니다.

이 정권은 국민 배제·여론 배척·야당 배격의 '삼배(三排)정치'로 민주주의의 본질을 심각하게 훼손시키고 권위주의 통제정치로 되돌리려 하고 있습니다.

국민을 소통의 광장에서 내쫓고, 존중의 대상이 아닌 통치의 수단으로 몰아가고, 국민 위에 군림하려는 이명박 정부의 태도는 암울했던 군부독재 시절의 재판(再版)이 되지 않을지 심히 염려스럽습니다.

정부 여당은 국민의 목소리에 귀를 기울여야 합니다. 민심은 밀고 밀리는 대결의 대상이 아니라 존중과 수용의 대상입니다. 국민이 원하는 대로 따라가야 합니다. 민심(民心)이 곧 천심(天心)입니다. 한나라당이 끝까지 천심을 외면하고 언론 악법을 일방적으로 밀어붙인다면 강력한 저항에 직면할 것을 경고합니다.

* 2009. 6. 7

MB 악법 직권상정은 역사의 심판대에 직권상정될 것이다

　김형오 의장이 국민과 민주주의의 요구를 외면하고 한나라당과 청와대의 불의한 협박에 굴복해 MB 악법을 직권상정한다면, 역대 최악의 국회의장으로 기록될 것이다. 국회의장은 민의의 전당인 입법부의 수장임을 명심해야 한다. 헌법에 정한 삼권 분립의 정신과 민주주의를 수호해야 할 책무가 있다. 그럼에도 국민 다수의 뜻을 저버리고 일부 언론과 일개 정당의 압력에 굴복하여 직권상정을 한다면 정치와 민주주의의 파괴자로 역사의 죄인으로 국민의 심판대에 직권상정될 것이다.

　한나라당의 폭압적인 국회 파괴 행태에 대해 박근혜 전 대표에게 묻는다. 박 전 대표는 한나라당의 대주주이다. 자신이 대주주인 한나라당이 민주주의를 파괴하고 정치를 파탄내고 있다. 지금 국민이 바라는 것은 박근혜의 침묵이 아니라 여금일언(如金一言)이다. 국민은 똑똑히 기억하고 있다. 박 전대표의 "쟁점 법안은 국민의 공감대가 먼저"라는 발언을. 행여 한나라당 내에 친이계와 친박계의 공감대가 형성된 것인가? 지금 이순간은 바로 국민의 공감대가 필요한 때이다. 특히, 언론 악법은 국민적 공감대가 전혀 이뤄지지 않은 악법 중의 악법이다. 책임 있는 정치인이라면 지금 나서 국민의 공감대를 이루는 노력을 해야 하는 것 아닌가. 침묵을 계속한다면 지난 번 한마디는 역시 인기 유지용 립서비스였는지 답해야 한다.

한나라당은 MB 악법에 대한 국민의 공론화를 두려워한다. 정권 연장을 노리는 권력 실세와 일부 재벌, 족벌 신문들과의 흥정과 이해관계가 얽힌 비겁하고 졸렬한 법안이기 때문이다. 그렇기에 정부 입법 절차가 아닌 의원 청부 입법으로 날치기 통과시키려 했던 것이다. 애당초 여론 수렴을 할 생각도 없었다는 것이다. 정부 입법이라면 입법예고부터 국무회의 통과, 국회 제출까지 최소 6개월 이상 공개적인 의견 수렴절차를 거쳐야 한다. 이제라도 국회 파행과 국론분열의 소모전에 국력을 낭비하지 말고 적어도 정부 입법에 준하는 공적이고, 공개적인 의견 수렴 절차를 전개해야 한다.

김형오 의장이 최소한의 민주적 의견수렴마저 무시하고 직권상정을 감행한다면 MB 악법이 담고 있는 모든 거짓과 위선, 절망과 폭력, 절차적 하자의 과오를 스스로 독박 쓰는 결과를 만들 것이다. 이것이 김형오 의장을 위한 마지막 조언이자 걱정이 될 것이다.

부디 역사의 죄인이 되지 말라. 입법부의 수장으로 입법부의 권능과 명예를 훼손하지 말라. 민주주의 파괴자로 기록되지 말라. 간곡하게 국민의 이름으로 요구한다. 국민과 민주주의 역사를 두려워하는 현명한 지혜를 기대한다.

* 2008. 2. 28

블로그 모음글

소통의 시대, 생활을 말하다

늘 초심의 마음,
처음의 생각을 잊지 않으려는 동지로서 서로 보듬고 독려하면서
'처음'의 다짐과 각자의 꿈을 꼭 이루어가자꾸나.

2009년 성탄절에 띄우는
크리스마스카드

　12월 25일 오늘은 성탄절입니다. 전 세계가 함께 아기 예수의 탄생을 축복하는 날입니다. 모두들 가족과 함께, 연인과 함께, 친구와 함께, 또 다른 누군가와 함께 즐거운 시간 보내고 계시죠?

　어느덧 2009년 기축년도 거의 마무리됐습니다. 모두가 즐거운 성탄절인만큼 블로그에도 '크리스마스 카드'를 올릴 마음에 이런저런 생각을 해 봤습니다. '과연 국회의원 크리스마스카드에는 무엇을 넣어야 할까?' '누구에게 써야 할까?'

　마냥 기쁘고, 즐겁기만한 성탄절과 조금은 차갑고 어두운 곳을 향한 연민의 손, 지역주민들에게 보내는 인사, 블로그를 통해 함께해 준 네티즌들에 대한 감사 인사 등등 담아야 할 게 너무 많은 것 같습니다. 그래서 카드라고 하기에는 좀 많이 긴, 크리스마스 편지를 보내 봅니다.

to. 용산 참사 희생자, 유가족과 YTN 해직기자, 사퇴 3인방께…

크리스마스 이브의 저녁 용산 남일당에서는 '용산 참사 희생자를 위한 추모 예배'가 열렸습니다.

벌써 1년이 다되도록 장례도 치르지 못하고 있는 고인의 넋, 여전히 찬 바닥에서 보내고 있는 유가족분들의 마음, 법원에서는 모든 책임이 '용산 주민'에게 있다며 징역형을 선고한 현실을 마음속 깊이 위로하고, 산타의 선물이라도 좋으니 2010년에는 부디 현재의 상황이 개선되기를 간절히 기원했습니다.

정말 답이 눈에 보이는 해결책을 앞에다 두고, 단 한 번도 진정성을 보이지 않는 이명박 정부에 너무 많은 아쉬움과 눈물을 짓게 됩니다. 부디 크리스마스의 기적처럼 '용산 참사'에 대해 유감을 표명하고, 사죄하고, 보상조치까지 진정성 있는 모습을 보이기를 기대해 봅니다.

최근 YTN 해직기자들의 소식이 연일 새롭게 들려오고 있습니다. 우장균 기자는 한국기자협회 회장에 당선됐고, 노종면 언론노조 YTN지부장은 "YTN 공정언론 투쟁의 새로운 시작"을 말하며 사퇴의사를 내놓았습니다.

YTN의 시작과 함께 KBS에서 YTN으로 옮겨 새로운 보도의 시대를 열고 싶었다는 우장균 기자, '돌발영상'을 비롯한 YTN 메인앵커로서 스스로 브랜드가 됐던 노종면 기자 모두 그 뜻한 바 모두 이루기를 바래 봅니다. 새로운 출발이 희망차기를 바래 봅니다.

새로운 출발이, 더 이상 '낙하산'이 없기를 바래 봅니다.

YTN은 어서 이들을 복직시켜야 합니다. 분명히 검찰의 기소를 문제 삼아 해고한 것이고, 법원은 이들의 '공정보도 투쟁'에 대해 무죄라고 판결했습니다. 산타가 있다면 이들에게 복직과 더 이상의 낙하산이 없기를 기원해 봅니다.

천정배, 최문순, 장세환 의원. 이른바 사퇴 3인방의 '미디어법 투쟁'이 벌써 5개월을 맞았습니다. 크리스마스 이브에 로텐다홀에서 '미디어법 재논의' 선물을 기원하는 양말을 거는 모습을 봤습니다.

세 분의 힘든 투쟁도 문제지만 5개월 간 흔들림 없이, 월급도 없이 투쟁을 함께 이어가고 있는 보좌진들께 커다란 박수를 보내고 싶습니다.

세 분이 거신 양말 속에 꼭, 꼭, 꼭, '미디어법 재논의'가 담겨 있기를 바래 봅니다. 이번 임시국회가 끝나기 전에 결론을 반드시 지을 수 있기를 바래 봅니다.

국회의사당 로텐다홀, 꼭 선물이 양말 가득히 담기기를… ⓒ문순C네 블로그

가득 담기기를 바랍니다. 하나만 담기기를 바랍니다. 무엇보다 절차적으로 위헌·위법의 상황인 법을 우리가 인정한다면 민주주의, 법치주의를 거부하겠다는 것밖에 되지 않습니다. '미디어법 재논의' 반드시 이뤄지고, 모두 다시 국회로 돌아오기를, 어서 돌아오기를 기원합니다.

to. 동작구 복지발전을 바라며 일일명예지사장, 일일찻집, 이웃과 함께…

연말이면 더 외롭고 쓸쓸해지는 이웃들이 곳곳에 산재해 있습니다. 사실 이러한 분들을 국가가 모두 관리하고, 손길을 보내기란 쉽지 않은 일입니다. 그럼에도 이명박 정부는 4대강 사업을 앞세워 이러한 복지예산을 삭감하고 있습니다. 이럴 때일수록 이웃과 함께하고자 하는 시민들의 마음이 중요합니다.

이런 부분을 채워주기 위한 성금을 모으는 '일일찻집'.

많은 분들이 함께 일 년을 돌아보고 이야기하며 모여진 성금으로는 국가의 손이 닿지 않는 부족한 곳에, 도움의 손길이 필요한 곳에 한 곳 한 곳 전해집니다.

날치기는 정말 나쁜 것, 하지 말아야 할 것이라고 강변해 주셨던…

우리가 시민의 역할을 필요로 하는 이유는 언제나 국가가 모든 것을 다 챙길 수 없기 때문입니다. 이명박 정부 들어서 촛불시민들을 탄압하고 억압하는 것이 계속되고 있습니다.

시민들이 더 뜨겁게 활동할 수 있는 공간을 산타가 만들어 주기를 기원해 봅니다.

플래카드에 적힌 말 그대로 이웃에게 따뜻한 손길을…

국민연금의 취지와 뜻은 한 가지입니다. 국가가 국민의 노후를 책임지기 위한 확장적 복지정책입니다. 그런데 자꾸 이 돈을 이상한데 쓰고 있습니다. 주식시장에 투기를 하고, 해외 부동산에 투기하고, 실패를 거듭하다 보니 재원은 적어져만 가고, 안타깝습니다.

동작구의 공단지사는 잘하고 있는지, 2009년 어떠한 활동을 하고, 2010년은 계획은 뭔지 알아보고 정책적 지원이 필요한 부분은 뭔지를 알아보고자 하는 시간을 가졌습니다.

일일지사장을 통해 많은 이야기를 함께 나눠 봤습니다.

국민연금은 국민의 피 같은 돈입니다. 곳간에서 곶감 빼먹듯 여기저기 자꾸 유용하면 안 됩니다. 국민연금이 국민의 노후를 책임지는 사명감을 갖고 뛰는 기관이 되기를 바래 봅니다.

국회가 4대강사업 예산으로 대치 국면에 있기 때문에 최대한 틈이 날 때, 또 크리스마스와 같은 때에는 지역주민과 함께할 수 있는 시간을 최대한 만들게 됩니다.

날씨가 추워질수록 조금은 그늘진 이웃은 더욱 추위를 느끼게 됩니다.

1년 동안 꾸준히 이어지는 활동들이지만, 특히 연말에는 더욱 마음이 애틋해지곤 합니다.

4대강사업 22조 2,000억 원 중에 15조 원만 사람에 투자를 하더라도, 대한민국은 정말 큰 부모가 될 수 있고, 효자가 될 수 있습니다.

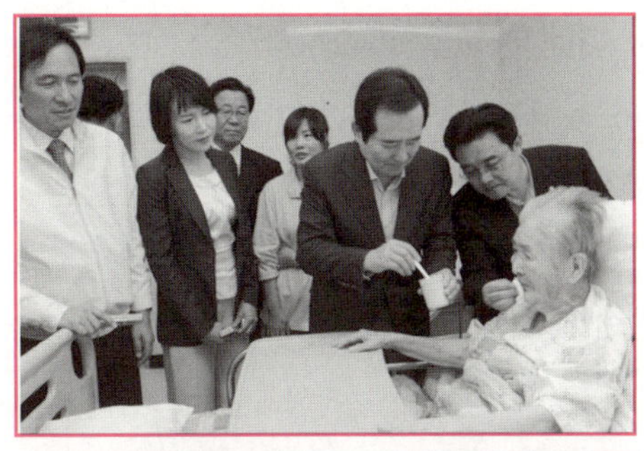

국가가 이분들께 산타가 돼 드리기를… 4대강사업 예산은 사람에게…

이분들께 앞으로 국가가 산타가 되기를, 될 수 있기를 아주 간절히 기원해 봅니다.

to. 블로그와 함께해 준 네티즌 여러분께, 깨어 있는 시민께, 우리 아이들에게…

지금까지 함께해 주셨고, 함께해 주시고, 함께해 주실 분들 모두에게 깊은 감사의 인사를 드립니다. 짧막한 크리스마스 카드와 함께, 앞으로 더욱 열심히 해 나가겠습니다. 감사합니다.

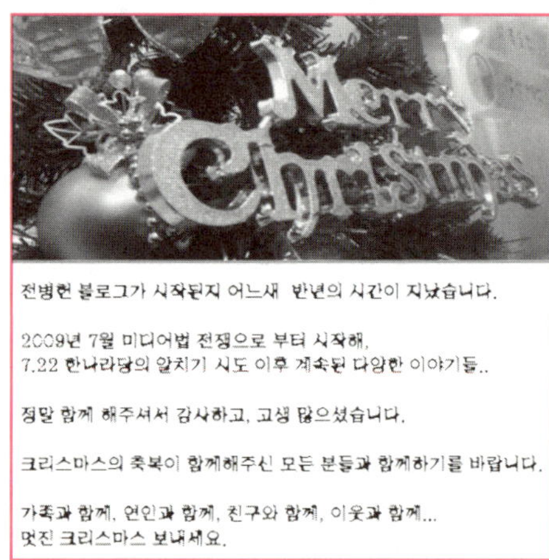

전병헌 블로그가 시작된지 어느새 반년의 시간이 지났습니다.

2009년 7월 미디어법 전쟁으로 부터 시작해,
7.22 한나라당의 날치기 시도 이후 계속된 다양한 이야기들..

정말 함께 해주셔서 감사하고, 고생 많으셨습니다.

크리스마스의 축복이 함께해주신 모든 분들과 함께하기를 바랍니다.

가족과 함께, 연인과 함께, 친구와 함께, 이웃과 함께…
멋진 크리스마스 보내세요.

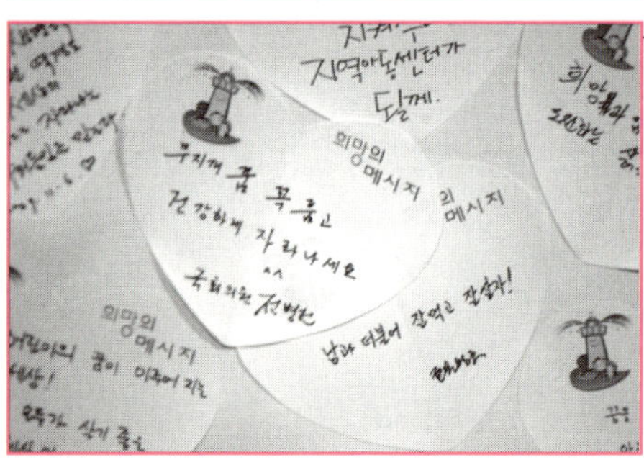

* 2009. 12. 25

김대중 전 대통령 묘역에서 나온 오색토와 고향 하의도

김 전 대통령 묘역에서 나온 오색토의 의미를 새겨보며…

국장일을 하루 앞두고 늦은 밤 김대중 대통령님의 묘역에 다녀왔습니다. 김 전 대통령 묘역은 국장일을 하루 앞두고 공사가 한창이었습니다. 시신이 안장될 석함도 들어오고 있었습니다.

무엇보다 눈을 끈 것은 '오색토' 입니다. 안장식을 위해 묘역 조성작업을 하면서 흙을 파냈는데, 이때 나온 흙이 '오색토' 라고 합니다.

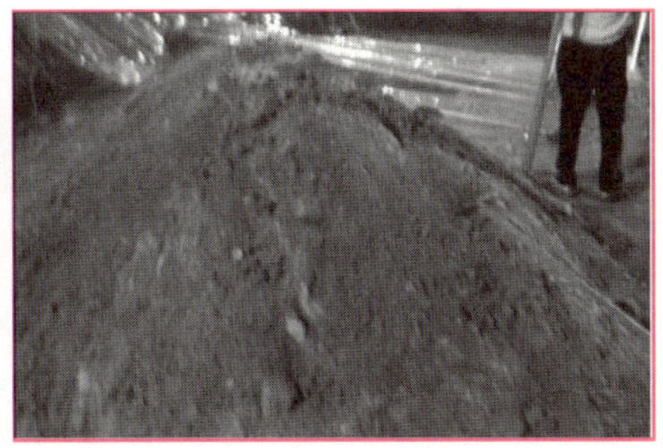

안장식을 위해 묘역 조성작업을 하면서 나온 '오색토', 오색토는 청, 홍, 백, 자, 흑색이 섞여 있는 흙으로 토질 중에 가장 이상적이라 합니다.

‘오색토(五色土)’는 청, 홍, 백, 자, 흑색이 섞여 있는 흙으로 토질 중에 가장 이상적이고 누구나 좋아하며 고인의 유골이 황골이 될 수 있는 기본 조건을 갖춘 곳이라 합니다. 명당에서 가장 많이 볼 수 있는 토질인데다 풍수적으로 조금 미흡하더라도 ‘오색토’가 그 부족함을 채워준다고 한답니다.

원래 이곳은 선조의 할머니이자 중종의 후궁이었던 창빈 안씨의 묘역이 있던 자리입니다. 기존의 창빈 안씨 묘역이 다른 곳으로 이전한 후 줄곧 빈자리로 남아 있었다고 합니다.

더욱이 이번 김대중 전 대통령의 묘역은 약 80평 규모로 단 한 그루의 나무도 옮기거나 훼손하지 않은 채 친환경적으로 조성되었습니다. 김 전 대통령의 묘역 반대편에 위치한 박정희 전 대통령의 묘역은 규모가 김 전 대통령에 비해 10배에 이르는 규모입니다. 평소 검소하고 소박했던 김 전 대통령의 성격이 그대로 담겨 있는 묘역이었습니다.

평소 검소하고 소박했던 김 전 대통령의 성격이 그대로 담겨 있는 묘역.

시신이 안장될 자리에서 나온 오색 빛깔의 ‘오색토’와 친환경적으로 조성되고 있는 김 전 대통령의 묘역을 보면서 일신의 안위보다 국민과 역사를 위해 묵묵히 한길로 오신 큰 뜻과 큰 걸음이 마음 가득 와닿았습니다.

불의와 타협하지 않고 독재에 거침없이 항거했던 청년 김대중, 수차례의 죽을 고비와 가택 연금, 망명을 헤치며 마침내 민주주의의 등불을 밝힌 투사 김대중, 국가 부도 위기에서 침착하게 단기간에 위기를 극복해낸 해결사 김대중, 절반을 잃은 슬픔을 감추지 않고 불의한 권력에 분명한 경고를 보낸 김대중, 고 노무현 대통령의 유족 앞에서 목 놓아 울며 미안한 마음을 감추지 못했던 인간 김대중.

세계적 지도자로 우뚝 섰던 그가 이제 묘역에서 나온 오색토처럼 대한민국과 함께 찬란하게 빛날 것입니다.

김 전 대통령 고향 하의도, 눈썹 떨어진 '큰바위 얼굴' 을 보며

고 김대중 전 대통령의 고향이자 어린 시절의 추억이 담긴 하의도(荷依島)에 다녀왔습니다.

목포에서 34Km 떨어진 눈썹 모양의 섬 하의도, 신안군의 1,004개의 섬 중 하나로 김 전 대통령께서 태어나고 자란 곳입니다.

이곳 하의도에는 사람의 옆모습을 닮은 커다란 바위가 있습니다. '큰바위 얼굴' 이라 불리는 이 바위에는 "때가 되면 큰 인물이 나타날 것" 이라는 전설이 따라 내려왔다고 합니다. 김 전 대통령이 대한민국 15대 대통령으로 취임하면서 '큰바위 얼굴' 은 자연스럽게 김 전 대통령을 상징하는 바위가 됐습니다.

섬마을 소년 김대중이 모진 세월과 풍파를 이기고 눈 속에 핀 인동초처럼 대한민국 대통령이 되었으니, 주민들에게 "때가 되면 큰 인물이 나타날 것"이라는 큰바위 얼굴의 전설이 김 전 대통령 이야기로 들렸을 수밖에 없습니다.

오른쪽 사진에 있던 눈썹이 왼쪽 사진에는 없습니다.
눈썹부분이 김 전 대통령 서거 얼마 전에 떨어져 나갔다고 합니다.

떨어진 '큰바위 얼굴'의 눈썹을 보니 다시 슬픔이 찾아옵니다.

　　그런데 김 전 대통령이 서거하기 얼마 전에 이 큰바위 얼굴의 눈썹부분이 떨어져 내려갔다고 합니다. 사람 옆모습을 그대로 닮았던 큰바위 얼굴에서 눈썹부분이 사라진 것이죠. 우연의 일치일까요? 눈썹모양의 하의도, 김대중 대통령을 상징하던 큰바위 얼굴, 떨어진 눈썹. 쓸쓸함과 슬픔이 가슴을 죄어왔습니다.

큰바위 얼굴을 고개 숙이고는 하의도 하의면 김 전 대통령 생가로 향했습니다. '영원한 청년 김대중' 처럼 푸르른 여름의 하의면 생가에는 그간 6만여 명의 방문객이 찾았다고 합니다. 삼우제를 맞은 하의면 생가. 여전히 푸르름이 함께했지만, 분위기는 차분하고 숙연했습니다.

아직 여름의 푸르름이 '영원한 청년 김대중'을 보는 듯합니다. 하의면 후광리, 김 전 대통령의 호 '후광'은 이 푸르른 마을의 이름에서 따온 것입니다.

김 전 대통령 생가는 삼우제 준비로 바삐 움직이고 있습니다.

마루에 놓여진 사진들이 '대통령 김대중'을 떠올리게끔 합니다. IMF를 넘어서 IT, 과학기술, 문화 강국의 기틀을 마련한 국민의 대통령.

생가에 마련된 분향소의 모습입니다.

2. 소통의 시대, 생활을 말하다

어느덧 80년의 세월을 머금은 생가의 부엌입니다.

대나무 숲의 푸르름이 먼저 들어오는 장독대와 우물.

방아를 찧던 시설들도 그대로 세월을 머금고 있습니다.

지난 4월 하의도를 방문했을 때 심었던 은목서.
신안군에 따르면 김 전 대통령 서거를 앞두고는 계속 앓고 있다고 합니다.
다시 건강히 뿌리 내리기를 바래 봅니다.

마지막 김 전 대통령이 목포로 가기 전까지 다녔던 하의초등학교.
파란 하늘과 푸른 잔디를 보고 있자니
소년 시절의 김 전 대통령이 뛰어다닐 모습이 그려집니다.

김 전 대통령이 4학년에 다니고 있을 때, 김 전 대통령 어머니께서는 '명석한 아들을 더 가르쳐야겠다'는 일념으로 모든 것을 정리하고 목포로 옮겼고, 그것이 오늘날 '세계의 거인, 영원한 청년 김대중'을 있게한 출발점이 됐습니다.

＊2009. 8. 23

김대중 전 대통령 빈소에서 만난
‘네 손가락 피아니스트’ 이희아 씨

김대중 전 대통령의 빈소에서 분향객을 맞이하다 아주 귀한 손님을 뵈었습니다. 찾아주신 한분 한분이 귀한 손님이지만, 그중에서도 귀하고 특별한 손님이었습니다.

‘네손가락 피아니스트’로 알려진 이희아 씨. 김대중 대통령 재임기간에 ‘장애극복 대통령상’(1999년)을 수상했고, 2000년 대한민국을 이끌어갈 ‘신지식인 청소년상 및 문화예술인상’을 수상하며 각별한 인연을 맺었던 피아니스트입니다.

이희아 씨는 조문을 하면서 어머니와 함께 슬픔의 눈물을 참지 못하는 모습을 보였습니다. 이후 다소 차분히 가라 앉힌 모습으로 기자들의 여러가지 질문에 대답하며 김대중 전 대통령을 회상했습니다.

이희아 씨는 “재임 시절 청와대에 초청받아 연주한 적이 있다. 당시 김대중 전 대통령께서 감동을 받았다고 말씀하셨다며 지난 2000년에는 신지식인 만찬에 초청돼 대통령을 뵈었다. 노벨상 수상을 축하하드

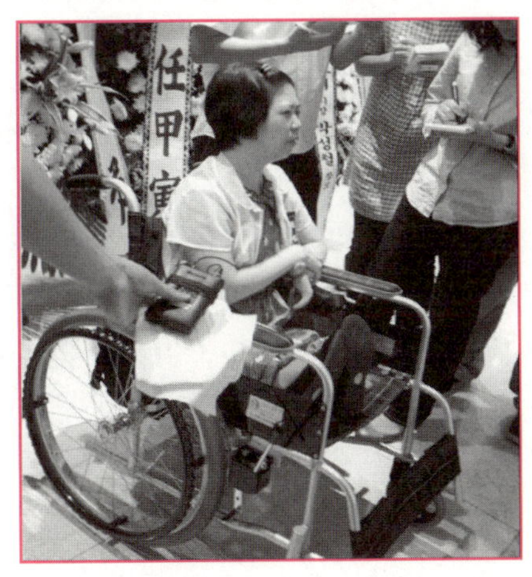

천국에서도 쉬지 않고 우리나라를 위해 기도해 주셨으면 한다는 이희아 씨.

린다고 말씀드렸더니, 피아노 연습 열심히 하느냐고 답하셨던 게 기억에 남는다."고 회상했습니다.

이희아 씨는 추억담에 이어서 "천국에서도 쉬지 않고 우리나라를 위해 기도해 주셨으면 한다. 대한민국의 민주주의를 위해 희생하신 두 분의 지도자를 잃어 너무 가슴이 아프다."고 말하며 고 노무현 대통령에 대해서도 함께 언급했습니다.

'네손가락 피아니스트' 이희아 씨. 연주를 들을 때마다 밀려오는 감동을 선사하시는 연주자. 앞으로도 좋은 음악 많이 들려주시기를 기원하겠습니다. 감사합니다.

* 2009. 8. 19

아빠의 둥지에서 고대의 품으로 날아간
사랑하는 딸, 지원에게

지원아, 축하한다.

요즘 대학 총학선거에 대해 어른들의 걱정들이 많은데 그 한복판에서 정정당당하게 학우들의 선택을 받았다니 아빠는 우리 딸이 대견하고 고맙구나.

선거라는 낯선 경험에 많이 힘들었지?

선거기간에 엄마, 아빠는 네게 따뜻한 밥 한 번 제대로 못해 주고 병원에 있어야 해서 네게 오히려 마음의 짐만 준 것은 아닌지 내내 마음이 무거웠단다.

그런데 선거운동으로 눈코 뜰 새 없이 바빴을 지원이는 오히려 엄마, 아빠에게 자주 병문안 못해 죄송하다며 아침저녁으로 전화를 했었지.

전화로나마 너의 목소리를 들을 때는 그저 안타까운 마음에 네 출마 결심을 적극 막지 못한 것을 후회도 했단다.

딸 전지원, 이희호 여사님과 함께.

그래도 부쩍 어른스러워진 네 모습을 보면서 아빠의 마음 한쪽은 더욱 든든해졌단다.

그리고 정말 미안했단다. 지원아.

아빠는 네게 아무 힘도 되어주지 못했는데 오히려 아빠의 위치 때문에 지원이가 곤란한 지경에 처했다는 소식을 듣고 가슴이 얼어붙어 버리는 것 같아 잠을 이루지 못했단다.

게다가 아빤 그 시간 병원에서 수술중이어서 고생하는 딸에게 오히려 어찌해 볼 짐만 얹어준 것은 아닌지 답답하기 그지없었다.

자식의 길에 부모가 걸림돌이 되는 일, 그 어느 부모도 원치 않는 일일 것이다.

평소 네가 아빠의 신분을 숨긴 것도 아니고 그렇다고 아빠가 국회의원이라고 떠벌리고 다닐 수도 없는 일인데… 정치와 국회의원이란 신분이 존경받지 못하는 시대적 책임에서 아빠 역시 자유롭지 못한 업보라고 생각한다.

그러나 너도 알고 있지 J. S. MILL이 "정치를 혐오하는 국민은 혐오하는 정치를 가질 수밖에 없다."라고 한 것을⋯ 아빠 역시 존경받는 정치, 정치인의 길을 포기하지 않을 것이다.

지원아, 네가 태어나던 날이 생각난다.

엄마가 17일 양수가 미리 터졌는데 의사와 상의해 출산을 미루고 고려대의 4.18과 4.19 두 날을 놓고 고민하다 4월 19일 날, 너와 첫 만남을 했지.

그때 아빠를 바라보는 너의 눈과 표정이 갓 태어난 아기 같지 않아서 아빠가 오히려 놀라고 당황했던 기억이 어제 같은데 어느덧 네가 이렇게 컸구나.

이젠 아빠의 품을 떠나 명실상부한 자랑스러운 고대의 딸이기를 바란다. 너의 당선소감과 다짐을 인터넷을 통해 보았다.

지금의 마음, 처음의 다짐이 끝까지 한결같기를 바란다.

항상 힘없고 어려운 사람들의 힘이 되어주는 정의로운 고대 총학의 맥을 잘 이어가리라 믿는다.

무엇보다 너를 뽑아준 학우들의 기대에 어긋나지 않도록 하고 학우들에게 한 약속을 하나하나 실천하여 믿음을 쌓아가기를 바란다.

그러면서도 이 시대가, 우리 역사가 너를 비롯한 우리 청년들에게 들려주고자 하는 이야기에 항상 귀 기울여 부디, 열정과 정의, 능력을 두루 갖춘 자랑스러운 고대 총학 50주년 43대 총학으로 기록되기를 바란다. 이제처럼 너에게 아빠는 아무것도 해 줄 수 없을 것이다.

다만 아빠 의원회관에 있는 '초심으로' 라고 쓴 휘호를 집의 거실에

옮겨놓을까 한다.

아빠와 함께, 늘 초심의 마음,

처음의 생각을 잊지 않으려는 동지로서 서로 보듬고 독려하면서
'처음'의 다짐과 각자의 꿈을 꼭 이루어가자꾸나.

2009년 12월 7일
아빠가.

* 2009. 12. 7

우리 기상청
왜 이럴까?

정말 많은 눈이 내리고 있습니다. 현재까지 25cm가 넘는 기록적인 눈이 서울을 강타하고 있습니다.

이렇게 많은 눈이 오거나, 많은 비가 오게 되면 이를 예측하지 못한 기상청을 원망하게 됩니다.

항간에 떠도는 유머로는 "기상청 직원들이 체육대회를 하면 비가 온다."라는 말도 있고, 이명박 대통령도 기상청의 예보율이 떨어지는 데 대해서 불만을 토로한 적이 있습니다.

오늘 보니, 기상청 대표 블로그에 보면 "예측하기 힘든 것"이라는 아리송한 이야기도 써놨습니다. 기상청은 기상청 나름의 고충이 있을 거라 봅니다. 갈수록 지구 환경이 오염되고, 온난화되면서 일기가 불규칙해지는 것은 이제 일반 상식화됐으니, 기상청도 많이 힘들 거라 봅니다.

그러나 지금 기상청이 갖고 있는 커다란 두 가지 문제가 있습니다.

과거 과기정위에서부터 지속적으로 지적됐던 문제임에도 아직 뚜렷한 개선 결과가 보여지지 않고, 앞으로도 크게 개선될 가능성이 적은 부분들이라 아쉬움이 큰 두 가지 문제점입니다.

30년 된 전지구 예측 시스템이 여전히 메인

지금 기상청에서는 1991년 일본 기상청에서 들여온 '전지구 수치예보 시스템'을 사용하고 있습니다. 그런데 이 시스템은 일본에서 1980년대 개발해 상용화한 것으로 지금으로 보면 30년이 다 된 시스템입니다.

2004년 슈퍼컴퓨터를 들여오고나서도 우리 기상청의 정확도는 개선되지 않았습니다. 도리어 떨어졌죠.

지금 한국 기상청을 보면 슈퍼컴퓨터를 통해 확보된 데이터들을 30년 된 시스템과 목측(사람의 눈)에 의존하고 있는 실정입니다. 세계 2위라는 영국의 전지구+지역모델을 차세대 통합수치 예보 시스템으로 도입한다고 합니다만, 이 역시 미덥지 않은 것은 '목측'이 부정확한 요소고, 그것을 활용할 전문인력이 절대적으로 부족합니다. 인력의 적체, 순환근무제도 역시 전문성을 떨어트리고 있는 요소입니다.

여전히 기상청에 의해 독점되고 있는 대국민 예보

두 번째 문제는 '한국방송광고공사'가 사라지는 마당에 우리 기상청은 여전히 국민에 대한 대국민 예보를 독점하고 있습니다. 경쟁이란게 전혀 없는 것이죠.

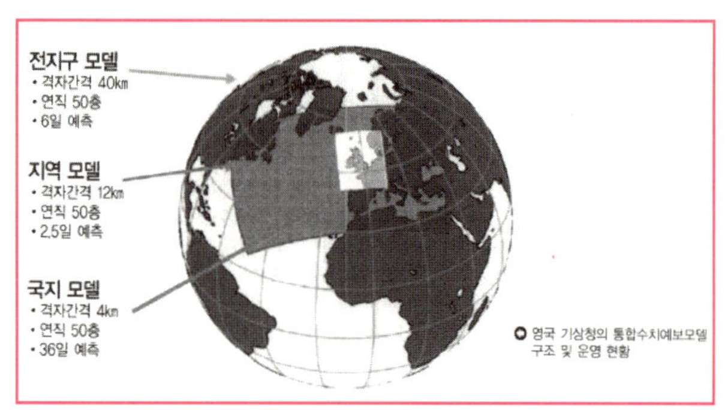

지금 기상청에서 독자적인 예보 시스템을 2015년까지 중장기 계획으로 개발한다고 하지만, 현재 서울대에서는 수치예보실험실(대기학과 이동규 교수)에서는 '실시간 중규모 기상예측 시스템'을 개발한 상태입니다.

전지구 모델이 40km격자이고, 우리가 영국으로부터 들여올 지역모델이 12km 격자인데 반해 서울대가 개발한 예측 시스템은 10km 격자로 예측하는 시스템입니다.

실제로 게릴라성 집중호우 같은 악천후를 예측하는데 훨씬 뛰어난 성능을 보여주고 있습니다. 그럼에도 제도의 벽에 부딪혀야 합니다.

기상청의 독점욕이 화를 부르고 있다.

일반 국민 상대로 기상업무를 하는 것은 기상청에게 독점돼 있고, '특정 수요자를 대상'으로 해서 기상업무를 하려고 해도, 예보사업허가를 받으려면 '기상청 등에서 최저 5년 이상 근무한 경험이 있는 2인 이상을 확보'해야 합니다.

결국 기상청이 갖고 있는 독점적 지위를 내려놓지 않고 있는 것이 지금의 나태하고 뒤쳐진 기상청을 만들고 있습니다.

갑작스런 폭우, 폭설에는 속수무책인 상태. 개선 방안도 난망하다.

지금 상태로는 충북 청원에 만들고 있는 '수퍼컴퓨터 3호'를 위한 기상센터도 돈낭비만 될 가능성이 있습니다. 무용지물이 될 수밖에 없습니다. 아무리 황금도끼라도 도끼자루가 썩었다면? 도끼가 가진 '나무찍기'를 제대로 수행할 수 없습니다.

시스템의 개선, 인적 개선, 독점적 지위 개선이 필요합니다.

전병성 기상청장이 모 일간지와 인터뷰에 "세계 9위의 시스템"이라고 자랑스럽게 말한 것을 본 적 있습니다. 그리고 때때로 기상청은 자신들을 "세계 9위 예측 능력"이라고 말합니다.

그런데 실상은 이렇습니다. 30년 전에 개발된 '전지구 수치예보 시스템'을 사용하는 11개 나라 중에 9위를 하고 있습니다.

현재 기상청의 수치예측 정확도는 전지구 수치예보모델을 운영하고 있는 11개국 중에서 9위 수준에 머물고 있다.

기상청이 발표해서 국가 공식 주간지인 '공감'에 실린 내용이다.

* 2010. 1. 4

국회 앞 KBS 노조원이 말하는 '수신료 인상'

연일 강추위가 여의도를 강타하고 있지만, 국회 정문에서 자신의 목소리를 전하고자 하시는 많은 분들은 여전히 그 자리를 지키고 계시다.

외부에서 일정을 마치고 국회로 돌아오다가 'KBS'가 적힌 조끼를 입고 계신 분이 눈에 띄어 그 이야기를 들어 봤다. 김인규 사장이 선임되고 총파업을 부결시킨 KBS 노조가 이 추운 날씨에 '왜 1인 시위를 하고 있을까?' 하는 생각에 말이다.

1인 시위에 나선 분은 KBS 노조 자원관리지부의 한영섭 씨였다. 따뜻한 커피를 건네면서 궁금증을 풀기 위해 이런저런 이야기를 나눴다.

우선, KBS 자원관리부에서 하는 일은 KBS 수신료에 대한 징수업무와 민원처리라고 설명을 듣고 이야기를 나눴다.

여야가 대치되고 있던 매섭게 춥던 날 국회 정문 앞에서 KBS 노조원을 만났다.

준조세 성격을 지닌 KBS 수신료 2,500원은 매달 전기세에 포함돼서 나온다. KBS가 한국전력에 위탁사업으로 맡겼기 때문이다.

그런데 수신료 징수 문제만 위탁을 맡겼지, 민원에 대해서는 모두 KBS에서 담당을 한다고 한다. 수신료의 총액의 6%를 한전에 주고 있는 상황에서, 그 징수에 관한 민원업무는 KBS에서 한다는 것은 쉬이 이해할 수 없는 부분이다.

그러면 그 민원이 주로 무엇인가? 라는 질문에 한영섭 씨는 "수신료를 징수하는 일부터 텔레비전을 없애거나 치우게 되면 이를 한전이든 KBS든 신고를 한다. 이를 확인하는 업무가 주요업무다."라고 설명하면서 "수신료를 인상한다고 하는데, 지금 상태에서 5,000~6,000원으로 인상하면 어떻게 되겠나? 말그대로 전 국민의 민원이 몰려들어올 거다."라고 말했다.

KBS가 국민적 동의없이 2,500원의 수신료를 5,000원으로 인상했을 때, 얼마나 많은 국민들께서 민원접수를 하겠느냐는 분석이다. 동의한다. 현재 KBS 수신료를 징수하고 민원을 처리하는 자원관리부 직원들은 전국의 지방총국까지 합쳐 104명이다.

현재도 징수 업무와 민원을 처리하는데 버거운 숫자라 할 수 있는데, 수신료가 현상태로 2배 이상 인상되면 국민적 반발, 수신료 거부운동이 일어날 수밖에 없다. 이럴 경우 이들로서는 도저히 감당이 안 된다.

또한, 이들 직군은 내근직과 외근직으로 나뉘는데, 둘 다 신분은 정규직원임에도 그 처우가 다르다고 한다. 한영섭 씨는 "매년 재계약을 하는 것은 아니니 정규직이긴 한데, 우리에게는 직급이 없다."고 말한다. 내근직 직원들은 사규에 따라 직급을 받고 일을 하는데, 이들은 아무런 직급이 없다는 것.

따라서 수신료가 인상돼서 민원이 폭발하게 되면 모든 국민의 원망과 비난을 맨몸으로 맞아야 함에도, 동일한 업무를 하는 내근직과의 차별적 대우는 이들을 더욱 힘들게 하고 있고, 매섭게 추운 날씨에도 국회 앞을 지키고 서 있게 만들고 있는 것이다.

지금상태에서 수신료 인상하게 되면
국민적 저항과 불만을 이들은 맨몸으로 받아내야 한다.

최시중 방송통신위원회 위원장은 오늘 출입기자들과의 신년인사에서 "수신료를 5~6,000원으로 인상해서, 민간 방송사업자들에게 7~8,000억 원의 광고수입이 돌아가야 한다."고 수신료 인상 의지를 밝혔다.

그러나 기억해야 할 것이 있다. 지금의 KBS가, 국민의 동의가 없는 상황에서 수신료 인상 추진은 분명 무리수이며, 국회의 승인을 얻는 것이 쉽지 않을 것이란 것.

또한 오늘 최 위원장의 표현에 따르면 조중동 종편을 위해서 KBS 수신료를 인상하는 것처럼 들린다. 절대 불가한 일이다. 또다시 언론악법과 같은 밀어붙이기는 용납되지 않을 것이다.

KBS 자원관리지부 직원들은 고작 104명이다. 맨몸으로 수신료 인상의 국민적 저항을 받아야 하는 이들의 목소리도 들어 보기를 바란다.

* 2010. 1. 5

<무한도전>,
당신들은 이미 레젠드!

　　2010년 새해의 <무한도전> 9일 방송. '의좋은 형제' 특집에서 박명수는 정형돈에게 '뻥米'를 선물하면서 "2010년도 우리 무한도전 레젠드를 만들어 보자!"고 주문을 합니다.

　　박명수의 말처럼 이미 <무한도전>은 한국 방송사에 새로운 패러다임을 만든 '버라이어티 프로그램'이 됐습니다.

<무한도전> '의좋은 형제 특집'에서 '레젠드'를 말하는 박명수옹. ©MBC

〈무한도전〉은 단순히 TV 속 프로그램을 넘어서 TV 밖의 새로운 문화를 만들어내고 있습니다.

〈무한도전〉 멤버들이 만들어낸 2010년 달력은 100만 부 가까이 판매고를 올렸고, 지난 여름 가요제를 통해 선보였던 '냉면', '영계백숙'과 같은 곡들은 각종 음악다운로드 사이트 1~2위에 이름을 올려 놨습니다. 단순한 TV 프로그램이 아니라 돈을 내고 소비를 할 수 있는 문화상품이 된 것이죠.

100만 부가 팔려나가며 이제는 문화상품이 된 '무한도전 달력'

'무한도전스럽다'는 말은 인터넷을 돌아다니다 보면 쉽게 만날 수 있습니다. 직장 동료들, 친구들과 TV 프로그램 이야기를 할 때도 〈무한도전〉이 화두가 될 때면 "무한도전스럽지 않냐?"라는 말이 스스럼 없이 나옵니다.

'무한도전스럽다'는 말이 무엇을 지칭하고, 뜻하는지는 사용하는 사람마다 그 의미가 다를 거라 봅니다. 적어도 〈무한도전〉을 사랑하는 사람 한 명, 시청자 한 명마다 각각의 '무한도전스럽다'라는 말 뜻이 다 다를 거라 봅니다. 그만큼 〈무한도전〉이 만들어낸 콘텐츠는 소비하는 사람마다, 각기 해석할 수 있는 다양한 '여지'를 남겨둘 정도가 됩니다.

때로는 전혀 예상치 못한 아이템으로, 때로는 아주 진부하지만 새로운 포맷으로 시청자를 놀래키기도 하고, 감동을 주기도 하면서 종국에는 무엇인가를 남겨주는 것. 전병헌 블로그가 보는 '무한도전스럽다'의 의미는 그러합니다.

때로는 실수를 하고, 부족한 모습을 들어내기도 하지만, 매주 신선하고 톡톡 튀는 아이템으로 시청자를, 네티즌들을 열광시키는 〈무한도전〉의 힘은 한국 방송사에 새로운 한 페이지를 장식하고 있다 해도 과언이 아닙니다.

'무한도전스럽다'라는 말이 너무 잘 어울리는 '무한도전 달력'의 9월.

역시 '무한도전스럽다' 7월의 무한도전 달력!

특히, 지난 11월 '한식 특집'에서 정준하와 명쉐프와의 감정싸움으로 시청자들에게 불편한 지적을 받았을 때 보여준 '미안하디 미안하다' 송은 2009년 최고의 노래라고 평하고 싶을 정도입니다. 비틀즈의

원곡 'Obladi Oblada' (오블라디 오블라다)를 너무 완벽하게 개사해 냈습니다. 또한 잘못한 것, 잘못된 것은 인정하고 '무한도전스럽게' 사과하는 모습은 정말 최고였습니다.

〈무한도전〉이 최고의 위치에서 레젠드가 되어가는 것에는 정말 날카롭고 확실한 〈무한도전〉만의 사회를 바라보는 시각에 있다고 봅니다. 그 안에서 여섯 멤버들이 확실하게 녹아든 것도 있습니다.

〈무한도전〉만이 '무한도전스럽게' 보여줄 수 있는 최고의 사과. ©MBC

'유엔미 콘서트'라는 〈무한도전〉만의 콘서트를 시작으로 2009년 한 해 동안 〈무한도전〉은 '봅슬레이에 도전하다. 마지막 1분의 도전'이라는 비인기 스포츠 특집에서 보여줬던 땀과 열정, 비인기 스포츠의 눈물을 보여줬습니다.

'쪽대본 특집드라마'에서는 대한민국 막장드라마 제작 현실에 살포시 냉소를 던져주면서도 멤버들의 기발한 아이디어를 빛나게 했습니다.

소녀시대 'Gee'와 함께한 '일자리가 미래다'에서도, 무한도전 멤버들의 '정신감정 특집'에서도, '그때를 아십니까—육 남매 특집'에서도, '노or예스 인생극장 특집'에서도, '박명수의 기습공격'에서도, '궁 밀리어네어 특집'에서도, '여름 특집 여드름 브레이크'에서도, '소원을 말해봐 특집', '품절남 특집', '무한도전 TV 특집', '벼농사 특집', '식객 특집', '악마는 구리다를 입는다 특집', '갱스오브 뉴욕'까지…

2009년 1년 간 〈무한도전〉이 보여준 대부분의 아이템들은 새롭고 신선했습니다. 멤버들은 정해진 아이템을 최고의 퍼포먼스로 소화했고 말입니다.

이제 노래와 콘서트는 〈무한도전〉에 빠질 수 없는 필수요소가 됐다.

도전정신이 빛났던 '봅슬레이 편' 감동의 3편이었다.

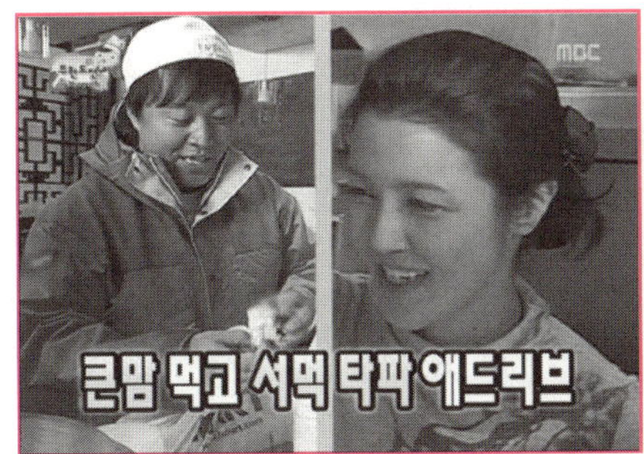

매주 매주 새로움으로 다음을 기대케하는 〈무한도전〉의 힘!

'무한도전 TV' 심의규정을 준수하려고 합니다만… 정말 최고다! ⓒMBC

특히, '여드름 브레이크' 에서 보여줬던 재개발의 아픔, 과거의 것이 사라지는 것에 대한 아쉬움에 대한 표현과 '벼농사 특집' 에서 쌀을 생산해 내기 위해서 농부들의 노력과 노고를 멤버들의 모습으로 담아내는 것은 〈무한도전〉만의 '뭥米' 가 아니라 전국민의 '백眉' 였습니다.

2010년 'MBC' 에도 커다란 위기가 찾아오고 있는 것. 모두가 알 것이라 봅니다. 그래도 어디든, 누구든, 언제든 각자의 위치에서 지켜야 할 가치가 항상 존재한다고 봅니다.

2010년 MBC 〈무한도전〉이 언제나 '무한도전스럽게' 꿋꿋하게 그 자리에서 서서 그 '가치' 를 지켜나가기를 바랍니다.

"이미 당신들은 레젠드! 2010년에도 새로운 레젠드를 기대해 봅니다."

2010년에도 〈무한도전〉은 〈무한도전〉. 시청자들이 지켜야 할 가치.

* 2010. 1. 9

프랑스 언론이 말하는
'UAE 원전 수주' 실패 이유

　한국 언론이 일요일 밤부터 연 3일간 '이명박 대통령의 성공 신화'를 써내려가고 있습니다.

　한국전력을 중심으로 현대산업개발, 삼성물산 건설부분, 두산중공업, 웨스팅하우스(대주주 도시바), 도시바 등이 참여한 컨소시엄이 아랍에미리트 원자력발전소 4기를 건설하고 향후 60년간 관리 운영하는 사업에 400억 달러(우리 돈 47조 원)에 입찰에 성공한 것으로 알려지면서(건설비 200억 달러는 수주, 운영비로 예상되는 200억 달러는 향후 계약을 해야 한다) 무수한 찬사 보도가 이어지고 있습니다.

　이명박 대통령의 직접적인 발언으로, 청와대가 쏟아내는 논평과 언론의 찬사. 3박자로 어우러져서 마치 이명박 대통령의 자서전을 쓰고 있는 모습입니다.

원전 수주가 확정된 이후 UAE로 직접 날아가 정상회담을 하고,
수주 기자회견을 직접하고 있는 이명박 대통령. ⓒ청와대

　언뜻 언론보도를 통해 본 단어들만 조합해서 연결 만해도 자서전 쓰는 게 어렵지 않을 것 같다는 생각도 듭니다.

"11월 상황이 매우 어렵다는 보고를 받았다."
"대통령은 과거 원자력발전소를 건설한 경험과 해박한 지식을 갖췄다."

"공사기간을 단축하고 10% 이상 단가를 낮춰라."
"UAE 왕세자에게 진심이 어린 6통의 대화"

"진정성을 가지고 UAE와의 동반자 관계를 설득"
"불가능한 상황이 조금씩 흔들렸고, 지속적으로 설득"

"이 대통령이 모하메드 왕세자 선친 묘 참배, 위로"
"왕세자 이 대통령 위로에 눈물을 왈칵"

"6번의 진심어린 통화로 친분이 쌓인 왕세자"
"이 대통령 특유의 세일즈 감각으로 왕세자 마음 사로잡음"
"감동에 친분, 믿음까지 생긴 왕세자 한국 컨소시엄으로 급속도로 기울음, 왕세자 이 대통령 마중나옴"

"원자력 강대국 선진국 프랑스에게 막판 대역전"

"역전골을 넣으러 아랍에미리트로 직접 나간 CEO 본능"

"중동을 꿰뚫는 이명박 대통령의 통찰력"

"수주 경험 풍부 이 대통령을 사르코지와 하토야마가 이길 수 없다"

"입술 터진 보람이 있네"

"죽다 살아난 소감이 뭐냐?"

"원전 수주는 하늘이 내려준 기적"

"12월 27일은 기념비적, 원자력의 날로 지정"

"귀국 해서 첫 소감은 '노동법은?'"

"원하고 긍정적으로 생각하면 못 이룰 것이 없다."

한국전력 컨소시엄의 400억 달러 입찰, UAE 원자력발전소 건설 및 관리운영 낙찰 과정, 그 과정에서 나온 이명박 대통령, 청와대 이야기, 언론보도만 잘 연결해도 '출판기념회'를 하는데 아무런 무리가 없는 훌륭한 '위인 전기'가 될 것 같습니다.

잘한 일이고, 잘한 일이며, 앞으로 더욱 발전해 나갈 수 있는 계기가 되는 수주였다는 것에는 이견이 없습니다. 함께 축하할 일이고, 기뻐할 일입니다. 온 국민이 함께 떡을 나눠먹고, 잔치를 해야 할 일입니다.

그러면 프랑스 언론에서는 사르코지 대통령을 어떻게 바라보고 있을까요? 프랑스가 대역전패를 당해서 UAE 원전 수주에 실패한 이유를 뭐라고 분석하고 있을까요?

사르코지 대통령도 오랜 우방인 UAE를 방문해 정상회담도 하고, 왕세자와의 통화의 노력을 오랫동안 기울였는데 말입니다.

우선, 프랑스 유력 일간지 르 피가로의 중동 전문기자 말브뤼노는 "사르코지 대통령이 상업적 차원이 아니라 정치적 거래를 통해 빅딜을 성사시키려한 판단 착오"라고 평가했습니다.

프랑스 경제지 레 제코는 분석기사를 통해 "프랑스 원자로는 안정성은 최고이나 한국에 비해 30% 이상 높았던 입찰가격이 문제가 됐다. 한국의 가격 덤핑전략에 당했다."고 평가했답니다.

프랑스 반핵단체는 "핀란드 원전사업에서 프랑스는 돈을 허비하고 있다. 이번 수주 실패는 환영할 일"이라고 밝혔습니다.

nucpros의 기사에 따르면 "프랑스가 핀란드에 짓고 있는 원자로의 공사비가 이미(공사의 절반 정도에 미치지 못하는 상황) 50억에서 60억 불의 용이 들어가고 있다."면서 "한국이 원전 1기 입찰가 50억 달러로는 도저히 채산에 맞출 수가 없었다."라고 합니다.

한국 언론의 이명박 대통령 성공기를 보면
사르코지 대통령은 '굴욕의 역사'를 쓰고 있어야?
ⓒ사르코지 대통령 블로그

기본적으로 "사르코지 대통령이 정치적으로 빅딜하려고 한 것에 우려를 표하면서도, 가격 경쟁력에서 한국 컨소시엄에 밀린 것이 가장 큰 이유"라고 말하고 있습니다.

기본적으로 우리 정부 열심히 했고, 이명박 대통령 잘했습니다. 그런데 도를 지나쳤습니다. 우선 가장 열심히 뛰었을 한전 김쌍수 사장에게 "죽었다 살아난 기분이 어떠냐?"라고 공개적으로 묻는 것은 사실상 김쌍수 사장은 아무것도 한 것 없고, 자신이 모든 것을 뒤집은 것을 과시하는 것을 스스로 과시하는 것밖에 되지 않습니다.

또한 국내외 언론을 통해 지금까지 확인된 문제점들, 지적되는 부분들은 대통령의 과시형, 청와대의 전시형 홍보에 모두 묻히고 있습니다. 역사적 첫발걸음인만큼 좀 더 꼼꼼하고 세밀하게 체크하고 살펴보는 것이 중요합니다.

경향일보의 보도를 보면 현재까지 우리가 수주한 계약은 200억 달러라고 합니다. 한국전력도 22조 150억 원이라고 공시를 했습니다. WSJ와 같은 외신을 봐도 그렇게 보도되고 있습니다.

보도에 담긴 지식경제부 관계자의 말을 들어 보면 "핵연료 공급과 발전소 개보수 및 기자재 공급 등의 운영부문은 별도 계약을 해야 한다. 200억 달러는 우리가 추산한 것"이라고 합니다.

다른 보도의 한전 관계자의 말을 빌려 보겠습니다.

이번에 우리가 UAE에 수주한 원자력발전소는 4기이고, 현재 우리나라가 시공 중에 있는 신고리 3호, 4호와 같은 수준의 발전소라고 합니다. 그런데 현재 시공 중은 심고리 3, 4호에는 5조 원이 투입되고 있다고 합니다. 앞으로 얼마의 비용이 더 들어갈지는 모르겠습니다.

사진을 보니, 70% 정도의 공정률로 보여집니다.

그러면 단순히 계산하더라도, UAE의 원자력발전소 4기에 건설비용으로는 20조 원이 들어가야 정상적인 계산이 아닐까 합니다.

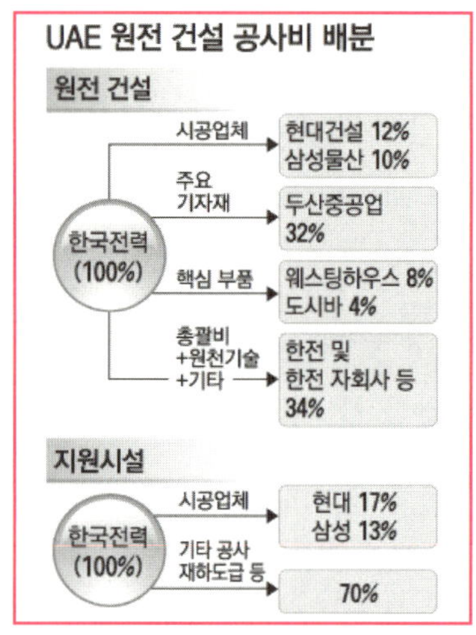

200억 원 낙찰비용의 배분표.
건설비 100억 달러, 지원시설 100억 달러다. ⓒ매일경제

그런데 이번 수주 내용을 살펴보면, 총 공사비용으로 책정된 것이 100억 달러(우리 돈으로 11조 원 정도)입니다. 그러면 과연 단순 우리나라에서 현재 짓고 있는 신고리 3, 4호에 들어가고 있는 비용과 단순 비교를 하더라도, 잘한 계약인지는 고민을 해 봐야 할 문제입니다.

200억 달러 중 시공비를 빼고 나머지 100억 달러는 폐기물 플랜트 등의 지원시설에 투입됩니다. 그러면 결국 한전은 100억 원 중 70억 원의 재하도급비를 최대한 낮은 가격으로 줘야 합니다. 그래야 부족한 시공비와 조금은 계산이 가능한 수치가 나올 수 있기 때문입니다.

지금은 완전한 계약 내용을 살펴보지 못했으니, 이 정도로만 추측 계산을 해 봅니다. 추측 계산으로는 우리가 좀 많이 낮은 가격에 입찰을 한 것이 맞는 것 같습니다.

현재 시공 중인 신고리 3, 4호. UAE 원전 4기와 동등한 수준이다. 그런데 우리는 UAE 원전 4기를 100억 달러(우리 돈 11조)에 시공해야 한다. 현재 신고리 3, 4호에 총 투자된 비용은 총 5조 원이다. 앞으로 더 들어가야 한다. 그러면 과연 UAE에 11조 원으로 4기를 질 수 있을까? 남는 장사를 한 것인지는 따져 봐야 한다.

기술력, 건설력, 안정성 등이 충분히 갖춰진 것은 '원자력 발전소 프로젝트'에 기본인 것이니 말할 필요가 없는 문제입니다. 사실 그 어느 나라가 '안정성' 없고, '기술력' 없는 나라에게 '원자력 발전소 건설'을 맡기겠습니까?

이명박 대통령이 8개월의 공사기간 단축, 10% 낙찰가 삭감 등을 통해 컨소시엄 산하 직원들분께서 공기일 맞추고, 낮은 인건비로 고생하시게 되지는 않을까 우려되는 부분도 이제와 문득 스쳐갑니다.

미디어스에서 제기한 문제도 고민해 봐야 할 것 같습니다.

언론에서 나온 부분만 해도 사르코지 대통령이 UEA에 약속한 것이

"최신형 라팔로 100대 교체", "UAE 주둔 프랑스군 병력 증대", "UAE 에 대한 군사적인 지원대폭 강화", "루브르 박물관의 분관을 건설", "프랑스 대사관의 무상이용" 여기에 "핵우산 제공" 까지입니다.

그런데 이러한 사르코지 대통령의 제안을 사실상 UAE가 거절하고 이명박 대통령의 치적 선전처럼 "한국과 손을 잡은 것" 이라면…?

'도대체 한국에서는 뭘 어떻게 얼마나 줬길래? 라는 생각을 떠올리지 않을 수 없습니다.

200억 달러 수주는 분명 쾌거고 축하할 일. 그러나 정부는 분에 넘치고 과도하게 흥분하면서, 정작 해야 할 일은 하지 않고 있다. ©한국전력

이런 우려와 걱정과 고민은 모두 잠시 뒤로하고, 한국전력 컨소시엄에 참여해 발로 뛰고, 밤낮으로 날아다녔을 실무자분들 정말 수고 많으셨습니다.

또한 앞으로 UAE로 현장에서 뜨거운 땀을 흘릴 우리 근로자 여러분들 잘 부탁드립니다. 건강 유의하시면서 대한민국의 이름도 드높여 주시기를 부탁 드립니다.

* 2009. 12. 30

민주 정부 10년과 함께한
'탐탐바자회' 이모저모

명동에 둥둥 떠 있다? '어머 세상에' [주간리뷰]

주말 명동 거리에 나선 민주당 언론 악법 원천 무효 캠페인단.
그런데 사람들 사이로 익숙한(?!) 얼굴들이 둥둥 떠다닌다.

으음, 어디서 많이 뵌 분들인데…

'두둥.' "의장석을 점거하면 불이익 주겠
다."라고 공언하고 점.거.특.혜.를 주신 김형
오 의장!

"문방위 차원의 논의는 없다." 상임위 민주주
의 문을 닫으신 고흥길 위원장!

"투표 다하셨습니까? 투표를 종료하겠습니
다."라고 외치고 재투표하신 이윤성 부의장!

명동에 "언론 악법 원천 무효, 그 이유가" 등
둥 떠 있습니다!

채증하느냐 수백 번은 봤다고요!!

그것이 부결이 아니라면 우리 헌정사에는 부결이란 없다' 라고 단언
할 수 있습니다.

언론 악법 원천 무효 명동 거리 캠페인이 끝나고 이동한 '탐탐바자
회' 한국 진보 진영이 모두 모였던 뜻이 깊었던 행사였습니다.

이곳에서도 '모두의 시선을 끌어잡은 이가 있었으니…'

어… 어… '설마?'

'와우! 부라보~ 브라보~'

"좋아요~~"

이들의 시선을 모은 주인공은 바로!!

탐탐바자회 '보너스 상품' 으로 '뽀뽀' 를 내
놓으신 심상전 전 의원.
'두~둥!!'

헉…
심상정 전 의원의 늦은 로맨스???

2. 소통의 시대, 생활을 말하다

다행히 반대쪽에서 보면 이러했다.

사회자 '어머~ 그래도 부끄러워요!'

"뭐가 그리 좋으세요?"라고 묻는 꼬마아이?

아이보다 어른들이 즐거워했던 시간!!
잠시나마 모든 걸 잊고 함께 웃었던 시간…
그 힘으로 언론 악법 원천 무효 투쟁을 이어갑시다!

국민─참여정부 10년의 주역들이 한자리에…

9월 6일 덕수초등학교에서 열린 언론 악법 원천 무효 탐탐바자회가 열렸습니다. 언론노조를 중심으로 시민사랑, 쌍코 등 진보 개혁 성향의 온-오프라인 동호회들이 모두 모이는 축제의 자리였습니다.

이 자리에 지난 국민의 정부, 참여정부 10년의 주역들이 한자리에 모였습니다. 또한 진보 개혁 성향의 지도자들도 모두 한자리에 모였습니다.

이 모습 보면서 느꼈습니다. '민주주의 수호와 서민 경제 수호라는 큰 뜻은 같다.'

뜻이 있는 곳에 길이 있을 거라 믿습니다.

민주당 정세균 대표.

진보신당 노회찬 대표.

민주노동당 강기갑 대표.

무소속의 정동영 의원.

참여정부 한명숙 전 총리.

천정배 의원.

참여정부 이해찬 전 총리.

전병헌 민주당 전략기획위원장.

2. 소통의 시대, 생활을 말하다

뜻이 있는 곳에 길이 있다고 믿습니다. 언론 악법은 원천 무효이고, 부자 감세는 자초되야 맞으며, 서민 경제—복지—지역경제 거덜내는 4대강 사업은 역시 무효화되는 게 맞다고 생각합니다.

우리 가야 할 길은 같으며, 그 길에선 뜻도 같음을 믿습니다.

* 2009. 9. 12

국회의사당에는
귀신이 살고 있다?

　2009년을 마무리하고, 의정보고서 제작 등을 위해 그동안 찍은 사진들을 정리하다가 보니, 해석 불가한 사진이 한 장 나왔습니다.

　아니 숫자로 보면 2장입니다.

　이틀의 연휴 동안 사진에 대해서 곰곰히 생각을 해 보고, 여러 정황을 대입해도 개인적으로 판독이 불가한 사진입니다.

아이들이 국회에 방문 때 연속해 촬영한 사진입니다.

사진을 촬영한 곳은 본회의장은 아니고 본회의장 건너편의 예결위 회의장입니다.

사진을 보면 아이 머리 위로 손가락이 보입니다. 얼핏 보면 손가락 장난으로 보일 수 있습니다만, 아이의 손은 가방에 전병헌 의원의 손은 아이의 어깨에 있습니다.

그리고 보통 사진이 그렇듯 이 두 사진은 1~2초 정도를 사이에 두고, 연속해 촬영된 사진입니다. 그러면 해석 불가한 모습을 자세히 살펴보겠습니다.

위와 동일한 사진입니다.

사진을 자세히 보신 분들은 이제 눈치를 채셨을 거 같습니다.

단순히 손가락으로 보이는 아이 머리 위의 물체의 모양이 두 사진에서 다릅니다.

불과 1~2초 사이의 연속촬영임에도 불구하고 마치 '손가락이 앞 두 마디에서 빙글 돌려 올려 뒷쪽 세 마디가 된 느낌' 입니다.

마지막으로 확대해 보겠습니다.

위 확대 사진이 1번 사진, 아래 확대 사진이 2번 사진이다.

오랜 고민 끝에 나온 가설은 두 가지입니다.

①두 사람 뒤에 아이가 한 명 숨어 있고, 장난을 친 것이다.

②알 수 없는 존재, 즉 '귀신'의 장난이다.

③렌즈, 혹은 카메라 어딘가에서 발생한 이물질이다.

첨언해 설명을 하자면, 아이와 전병헌 의원이 사진을 찍은 뒤는 건물 높이 2층 정도가 되는 난간입니다.

사진 전문 블로거 분들께서 이 사진 해독 좀 해 주십시오.

네티즌들께서 보시기에는 어떤 가설이 가장 적절하다고 보시나요?

＊2010. 1. 3

그해 명동은
뜨거웠네

명동에서 만난 최문순, 다시 뭉친 민주당 문방위

프레스센터에서 있었던 언론중재위원회, 언론재단, 한국방송광고공사, 신문발전위원회의 국정감사가 끝나자마자, 전병헌 의원을 비롯한 민주당 의원들의 발길이 빨라졌습니다.

가까운 명동에서 서명운동을 전개하고 있는 최문순 의원을 만나기 위해서입니다. 안타깝게도 서명운동에는 동참하지 못했지만, 최문순 의원과 함께하는 시민들과 즐거운 저녁식사를 함께했습니다.

7월 30일 최문순 의원이 명동성당 '100일 행동 시즌 2천만인서명운동'을 시작한 이후 두 달 만의 재회입니다.

10월 29일로 예정돼 있는 헌법재판소의 판결을 앞두고, 언론 악법 저지 최전선에서 1년을 싸웠던 '최강 전투력' 민주당 문방위 의원들이 다시 만났습니다.

국정감사가 끝나자마자 바삐 발걸음을 옮기는 전병헌, 조영택,
서갑원, 변재일 민주당 문방위 의원!!
'후다다다…' 급한 마음에 시청에서 명동을 가로질렀습니다.

지하도도 지나고,

명동성당에 도착…

'어엇!!!' 다시 만난 문순C네 주인장 최문순 의원!

백두산도 식후경!! 생선구이와 된장찌개 백반에
한 숟가락!! @_@ (*이 집, 김이 참 맛났다!!)

2. 소통의 시대, 생활을 말하다

자자… "단체사진도 한 방 찍어 봅세다!!"
"어서와~~ 어서~~"

깨어 있는 시민들과 함께…
뭔가 알 수 없는 (흔들린) 포즈가!!!

"찰칵!! 찰칵!!" "행동하는 양심!! 깨어 있는 시민!!"

오늘의 표정과 즐거움만큼, 언론 악법에 대한 헌법재판소의 현명한 판결을 기원합니다.

'언론 악법 원천 무효!'

명동 복판에서 얼싸안은 독도 지킴이와 언론 악법 지킴이

일요일 인파로 가득한 명동 한가운데서 '독도 지킴이'들과 '언론 악법 원천 무효 캠페인' 단이 만났습니다.

정세균 대표를 비롯한 전병헌 위원장, 이미경 사무총장 등은 '독도 지킴이'와 얼싸안고 기념사진을 촬영했습니다.

악수를 하던 정세균 대표, '독도 지킴이'에 포옹으로 화답하다!!!

이들이 얼싸 안은 이유는 '독도 지킴이'로 나선 학생들이 프리허그를 하고 있었기 때문입니다. 독도 지킴이로 프리허그를 하고 있었던 이들은 중학생이라고 합니다.

　　중학생들이 우리의 사회 문제와 역사 문제에 대해서 인식을 갖고 행동하는 것 자체에 큰 감동을 받았습니다. 앞으로도 그러한 사회 문제—역사인식을 통해서 다양한 역할을 해 줄 사회인으로 성장해 나가길 바랍니다.

　　무엇보다 이들이 함께 화이팅을 외친 것처럼

　　"독도는 우리땅!" "언론 악법은 원천 무효!!" 입니다.

＊ 2009. 10. 16

"KBS 4대강 스페셜 잘못됐습니다." 한 초등학생의 외침

지난 7월 5일 KBS 1TV 〈일요스페셜〉에서는 '현장점검: 4대강사업, 득인가? 실인가?'를 방영했습니다. 전반적인 내용은 낙동강과 영산강을 중심으로 강이 오염됐고, 홍수 피해가 심각하다는 것과 함께 포항의 지천 살리기 성공 사례와 일본의 아라카와강 사례 등의 내용이 구성됐습니다. (KBS 스페셜 4대강사업 득인가? 실인가?)

한 달이 지난 8월 5일. 아마 뒤늦게 이 방송을 본 초등학생 같습니다. 창녕에 사는 6학년 문재웅 학생은 한겨레신문 [발언대]에 글을 남깁니다.

"KBS '4대강 스페셜' 내용틀렸어요"라는 제목의 글을 통해서 문재웅 학생은 "방송 여러 군데 이상한 점을 보았다. 낙동강 근처 대지가 마른 이유는 100년 만의 가뭄 때문"이라며 "낙동강에서 고기가 잡히지 않는 것은 오염되서 그런 것이고, 실제 잡힌 고기도 먹지 못하는데 소수의 어부들이 강이 오염되서 생계가 어렵다는 것은 사실과 다르다.

낙동강이 오염된 것은 주변의 농지 때문이 아니며, 구미―대구 공단의 산업폐수와 생활하수를 잘 정화시켜 흘러 보내면 강은 저절로 깨끗해질 것이다.”라고 방송 내용이 잘못된 점을 지적했습니다.

당시 방송을 보면서 받았던 ‘작위적인 느낌’ 이 그곳에 사는 아이의 눈에는 ‘잘못된 것’ 으로 보인 겁니다.

이처럼 방송의 문제점을 지적한 문재웅 학생은 “한국방송은 국민의 수신료로 운영되고 있다. 정부의 정책홍보 방송이 아니다. 기자는 사실을 몇 차례 확인하고 방송하길 바란다.”는 송곳 같은 지적을 곁들였습니다. ([발언대] KBS ‘4대강 스페셜’ 내용 틀렸어요/문재웅)

현장점검
<4대강 사업, 득(得)인가 실(失)인가>

■방송일시: 2009년 7월 5일 일요일 저녁 8시, KBS 1TV
■연출: 강규요 PD
■글: 고은희

지난 29일 이명박 대통령이 "임기 후에는 대운하 사업을 추진하지 않겠다."라고 밝혔다. 정부의 해명에도 4대강 사업은 이름만 다른 대운하사업이라는 논란이 끊이지 않았기 때문이다. 6월 8일 마스터플랜이 확정된 4대강 사업은 2012년까지 홍수예방, 가뭄해소, 수질 개선이라는 목적 하에 추진될 예정이다. 하지만 환경단체와 전문가들은 20개가 넘는 보 설치와 준설작업은 돌이킬 수 없는 환경파괴를 일으킬 것이라고 경고하고 있다.

KBS스페셜 <4대강 사업, 득(得)인가 실(失)인가>에서는 4대강 프로젝트의 중심이 된 낙동강, 영산강의 현재 상황을 점검해보고 강과 사람을 위한 바람직한 방향은 무엇인지 생각해본다.

◎현장 점검◎

낙동강과 영산강은 지금 어떠한가?

1급수에만 서식하는 열목어, 산천어, 쉬리가 살아있는 낙동강 최상류 경북 봉화군 명호

[발언대] KBS ‘4대강 스페셜’ 내용틀렸어요 / 문재웅

발언대

[한겨레]

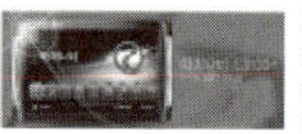

저는 경남 창녕에 사는 초등학생입니다. 우리 바로 옆에 있어 낙동강을 자주 봅니다. 그런데 된 <한국방송> ‘일요 스페셜’을 보고 깜짝 놀[랐습니다.] 강 살리기에 대한 방송이었습니다. 그런데 방[송]의 현실이 너무 다릅니다.

방송 여러 군데에서 이상한 점을 보았습니다. 낙동강과 멀리 떨어져 있는 대지 딱 말랐다고 하고 낙동강 어부가 강이 오염되어서 생계가 어렵다고 했지만 이[상합]니다. 그 이유는 100년 만에 한 번 올까 말까 하는 가뭄이 원인인데, 텔레비[전이] 오염 원인을 강 옆에서 농사를 짓는 농민들에게 돌리는 것 같아 가슴이 아픕니[다.]

낙동강은 깨끗하지 못해 강에서는 아예 고기를 잡지 않습니다. 그리고 강에서 [잡아] 러워 먹지 않습니다. 방송에서는 어부 몇몇 사람을 더 걱정하는 것 같고 낙동강 [농사] 짓는 수많은 농부들의 생계는 생각하지 않는 것 같습니다. 빈대를 잡으려고 큰[집태우는 것] 과 같습니다. 어부들의 생계를 걱정하지 않는 것이 아닙니다. 어부들만큼 농부[도 중요] 한다고 저는 생각합니다.

구미공단, 대구공단의 산업폐수와 생활하수를 잘 정화시켜 흘려보내면 강은 저[절로 깨끗해질 것입] 니다.

<한국방송>은 국민의 수신료로 운영되고 있습니다. 정부의 정책홍보 방송이 [아닙니다. 기자] 는 사실을 정확하게 보고 방송하시고 몇 차례의 확인을 하고 방송하시기 바랍니[다.]

(좌)KBS 스페셜, (우)한겨레 발언대

초등학교 6학년 학생의 눈에 이렇게 비춰졌습니다. 초등학교 6학년 학생에게 색깔을 입히지는 않을 거라 생각합니다. 자신이 살고 있는 곳에 대해 '실제와 다른' 내용을 보도한 KBS 스페셜을 보면서 느꼈던 기분 그대로일 겁니다.

실제와 다른 방송은 '만드는 이의 시선'이 개입됐기 때문입니다. 만드는 이의 주관을 뭐라고 비판하고 싶지 않습니다. 다만 그것이 만든이의 주관이 아닌 '다른 이의 명령이나 요구, 지시'가 들어가지 않은 것이길 바랍니다.

여러분은 어떠신가요? KBS의 4대강 스페셜을 보면서 어떻게 느꼈나요? 시청하신 분께서 느낀 그대로가 현재의 KBS의 모습이라 생각하면 될 거 같습니다.

저도 방송을 시청한 시청자의 한 명으로 KBS 〈일요스페셜〉에 말하고 싶습니다. "전통과 명성에 걸맞는 '각성'을 부탁드립니다."

＊2009. 8. 6

이명박 정부 들어서 처음 마주한
민주당과 북측 특사

　지난 22일 민주당 정세균 대표와 전병헌 전략기획위원장, 강기정 당대표 비서실장은 북측 조문특사단을 만났습니다. 이명박 정부 출범 이후 경색된 남북 관계로 인해 민주당과 북측 고위인사가 공식적으로 만난 것은 처음입니다.

　이날 만남은 북측 조문특사단이 통일부에 민주당 대표를 만나게 해 줄 것을 요청했고, 이를 통일부가 승인해 통일부로부터 면담 한 시간 전에 연락을 받고 급히 이뤄졌습니다. 면담은 30여 분 정도 화기애애한 분위기 속에서 진행됐습니다.

　우선 이번 면담은 지난 10년의 민주 정부에서 이어져 온 민주, 평화, 통일의 정통성을 계승하는 민주당이 북측 정부 고위인사와 처음 만났다는 것만으로 큰 의미가 있는 일입니다.

민주당과 북측 조문특사단이 만난 결과를 보고하는 전병헌 전략기획위원장.

전병헌 전략기획위원장은 "국민의 정부, 참여 정부에서 정상 간 약속한 6.15공동성명과 10.4합의를 계승하는 민주당이 북측 인사를 공식적으로 처음 만난 것에 큰 의미가 있다. 만난 당일에 내용을 발표하지 않은 것은 북측 조문특사단이 이명박 대통령을 예방하는데 방해가 될 수 있고, 북측 조문단의 최대 목적은 김 전 대통령을 조문하는 것에 있기 때문에 정치적 문제 등을 고려해 당일에는 비공개로 발표하지 않게 됐다."고 말했습니다.

민주당 정세균 대표단은 북측 조문특사단 대표 김기남 비서와 원동연 아시아태평양평화위원회 실장, 리현 아태위 참사와 이야기를 나눴습니다. 민주당에서는 현정은 회장과 맺은 합의들에 대해 조속히 이뤄질 수 있도록 노력해 줄 것과 남북 평화협력을 위한 노력, 연안호 선원 문제의 조속한 처리 등을 요청했습니다.

북측 조문특사단 역시 이러한 민주당에 요구에 대해 긍정적인 답을 했습니다.

민주당 대표단과 북측 특사단.

24일(한국시간) 미국의 필립 골드버그 국무부 대북제재 조정관은 "개성공단과 개성 · 금강산 관광은 유엔의 대북제재 결의를 위배하지 않는다."는 견해를 밝혔습니다. 이는 현 회장이 방북을 통해서 얻은 성과를 한국 정부가 이행하는데 아무런 문제가 없다는 것입니다.

앞으로 남북 관계의 평화적 진전이 있기를 바랍니다. 이명박 정부의 현명한 판단이 있기를 바랍니다.

＊2009. 8. 24

국회에서 상영된 영화
〈저 달이 차기 전에〉

―우리 시대 노동자의 삶이 그대로 담겨 있었다

지난 여름 많은 상처와 아픔을 남긴 '쌍용차 사태'를 영화로 담은 〈저 달이 차기 전에〉가 17일 국회에서 시사회를 가졌습니다.

영화 제작자와 당시 쌍용차 노조의 가족 외에도 많은 사람들이 시사회장을 찾아서 함께 영화를 관람했습니다.

쌍용차 노동자들의 77일간의 이야기
〈저 달이 차기 전에〉가 국회 시사회를 가졌다.

직접 취재에 나섰던 홍민철 기자
"수많은 사람들의 피와 땀이 담겨 있다."

서세진 감독 "이 시대 노동자를 조명하고 싶었다."

객석을 꽉 채운 사람들, 복도에 앉아서 본 분들도 많았다.

시사회 이전에 인터넷 상에서 많은 화제를 모았고, 또 워낙 우리 사회의 가장 아픈 모습을 문제로 담고 있는 것이고 해서 〈저 달이 차기 전에〉를 보기 전에는 많은 생각들을 떠올렸습니다.

'이 영화를 어떻게 봐야 할까? 어떻게 풀어갈 것이며, 우리가 생각해야 할 것은 무엇일까?' 같은 상념들을 되뇌었습니다.

그런데 막상 영화를 끝까지 지켜보고 나서 머리에 떠오른 생각은 아주 간단했습니다.

'그냥 이 시대를 같이 살아가는 우리 노동자들의 진솔한 삶의 이야기'였습니다. 아주 무거운 주제를 담은 영화지만, 영화라기보다는 다큐멘터리에 가깝지만, 많은 관람객들은 그 안에서 웃을 수 있었고, 분노할 수 있었고, 울 수도 있었습니다.

〈저 달이 차기 전에〉 등장하는 모든 대사는 쌍용차 노조들이 살아가면서 느꼈을 삶의 애환이 그냥 그대로 담겨 있었습니다. 특별히 경찰의 폭력을 확대한 것 없이 아주 잔잔히, 담담히 이야기를 끝까지 이어갑니다.

노동법이 어떻다, 이명박 정부가 어떻다, 한나라당이 어떻다, 노조가 어떻다 하는 이야기들은 없었습니다. 강요된 시선도 없었습니다. 정치적 왜곡도 없었습니다. 제가 본 '다큐멘터리 영화' 중 가장 수작이라는 생각도 듭니다.

그저 "왜 그들은 공장으로 들어가야 했는가?", "70일 넘게 한정된 공간에서 공권력과 대치하면서 집에 가지 못하는 가장의 이야기, 남편의 이야기, 아버지의 이야기, 아들의 이야기, 사위의 이야기"가 담겨 있었습니다. 한나라당 의원님들, 한나라당 지지자분들께서도 꼭 보셨으면 좋겠습니다.

영화 속의 쌍용차 노조원들은 담담히 이야기를 합니다. 때로는 분노하고, 웃음 짓고, 눈물 지으면서 말입니다.

일부러 딱딱한 바닥에 앉아서 그들의 이야기를 들었다.

"동료들을 이간질시키는 사측의 행위에 가장 크게 분노한다.""왜 똥싸는 걸 찍고 그래요?"(파업 62일째 이야기)

"된장찌개에 소주 한잔이 가장 그립다"며 볼펜에 너트를 끼워 만든 곰방대에 행복해하고, 경찰이 살수차에 물을 채울 때만 나오는 물로 등목을 하면서 "천국"을 이야기했다.

"저기 바로 저기 앞이 집인데, 새로 변신해서 날아갔다가 다시 돌아오고 싶은 생각이 간절해요."

"내일 모레가 아이 돌인데, 아버지 어머니는 그렇다고 하더라도 장인 장모는 뭐라고 하시겠나?"(파업 70일째 이야기)

"이제는 정말 회사가 싫다. 회사가 싫어져서 떠난다."(파업 73일째) 희망의 교섭이 절망으로 바뀔 때 노동자들의 마음은 천갈래 만갈래로 갈라져 실망만 남게 됐을 때. 100여 명이 떠난 날.(개인적으로 가장 가슴 아픈 이야기였습니다.)

"우리가 무엇을 잘못했나? 욕지거리를 한번 안 하고 열심히 일했는데, 언론에서도 이유는 나오지 않고 숫자만 나오더라. 2000명이 넘는 사람이 명예퇴직했는데, 왜 더 많은 사람을 죽이지 못해 안달하나?"

교섭이 모두 끝나고 결국 모두 눈물을 지으면서 떠났습니다.

쌍용차 노동자들의 이야기는 결국 이 시대 우리 노동자들의 이야기, 삶의 이야기 그대로였다. 단지, 그들은 비극의 주인공이 된 쌍용차의 직원이라는 이유로 이 시대 노동자의 대표가 됐을 뿐이다.

70일간 비인간적 태도로 물을 끊고, 전기를 끊고, 의료진마저 철수한 태도, 사측 노조와 용역직원들의 지속적인 새총 공격과 회유 방송, 야간에도 계속되는 소음 공격, 헬기에서 뿌려지는 최루가스, 최루액, 무자비한 공권력의 폭력까지, 분노해야 할 일은 너무 많았지만, 영화는 분노를 노동자의 삶의 이야기로 풀어나갔습니다.

〈저 달이 차기 전에〉 시사회장 의자에서 일어나면서 꼭 당부드리고 싶은 말도 한 가지 떠올랐습니다.

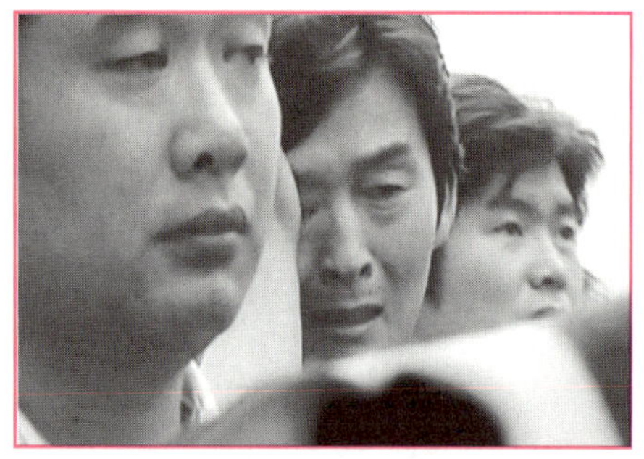

우리가 이 영화를 보고 해야 할 일은 '분노'가 아니라 '기억'하는 것.

"무엇보다 소중한 것은 사람의 가치"라는 것 말입니다.

정치인들에게도 말하고 싶습니다. 결국 모든 것은 사람을 위해 만들어졌고, 이루어진 것입니다. 우리 사회 전반을 감싸고 있는 '돈, 물질의 가치'보다 보다 본질적이고, 소중한 '사람의 가치'를 잊어가고 있는 것 같습니다. 꼭 이 영화가 상영관을 통해 많은 사람들이 함께 볼 수 있기를 바랍니다.

* 2009. 11. 17

〈백토〉에서 다시 만난
손석희 교수

여전히 참 당당하고, 푸르른 사람입니다. MBC 100분토론회에 참석하면 분장실에서 맞아주는 것부터 맞장토론 성격에 맞춰주는 진행, 토론회가 끝나고 방청객들과 촬영하는 모습까지 평소와 다름 없이 참 담담하고 또 당당한 모습입니다.

자신의 거취 문제로 많은 논란이 있었음을 하고 있음에도 참 의연하게 잘 이겨낸 모습입니다.

대기실에서의 손석희 교수는 유쾌하고 이야기 나누기 편한 사람이다.

토론이 시작되면 냉철하고 지적인 사회자로 다가온다.

맞장토론에 사회를 볼 때는 심판자와 함께 넉넉함의 미덕도 알고 있다.

토론회가 끝난 이후에는 시민논객, 방청객들의 촬영요청이 쇄도한다.

다시 생각해도 아쉽고, 안타깝습니다. 이 정도의 시사토론회 진행자를 잃는 것은 시사토론 프로그램을 좋아하는 시청자의 입장에서 보면 큰 손실입니다. 또한 손석희 교수의 하차로 인해 자칫 100분토론회조차 사라질 위기에 처해 있다는 것 역시 안타까운 일입니다.

손석희 교수에 대한 논란은 MBC 100분토론에서 그를 떼어놓고 생각할 수 없으며, 그가 가장 대중적 인기를 얻고 있는 시사토론 프로그램 진행자라는데 있습니다. 손석희 교수가 없는 100분토론회는 이제, 전체적인 프로그램 포맷조차 다시 논의하고 있습니다.

100분토론회와 같은 시사토론 프로그램이 없어지는 일이 없기를 바라며, 〈손석희의 시선집중〉의 건승을 바래 봅니다.

* 2009. 10. 30

국회의원과 속기사,
헌정사(史)를 만든다?

국회에서 열리는 공식 회의를 보면 발언자와 가장 가까운 자리에 여성분이 앉아 있는 것을 볼 수 있습니다. 그들은 100이면 100, 회의를 기록하기 위한 속기사입니다.

요즘에는 남자 속기사분들도 꽤 많습니다만, 여전히 여성 속기사분들이 많습니다.

'속기'는 국회법에 규정돼 있는 회의록 기록 방법으로 사실상 국회 속에서 이뤄지는 모든 공식 회의를 역사로 남기는 일이라 할 수 있습니다.

지난 1988년 국회 의사중계를 위해 국회방송이 근거조항을 갖고 개국하기는 했지만, 국회방송의 기록은 고정된 화면을 '기록'하는 것이 아니라 '중계'하는 것에 가깝기 때문에 '기록된 역사'라는 측면에서는 '속기'를 통한 회의록이 유일하다고 할 수 있습니다.

그 기록이 좋은 것이든, 나쁜 것이든, 그것이 대한민국 헌정사의 1p

국회 상임위에서 가장 가운데 자리하는 것이 속기사석이다.

흐릿하게 남자 속기사가 보인다.
귀는 언제나 발언하는 의원 쪽을 향한다.

헌정사, 국회의원이 말하고 속기사가 기록한다.

로 기록된다는 것은 부인할 수 없고, 그 내용은 국회의장과 사무총장을 통해서 보존하도록 돼 있습니다.

안타깝기도 합니다. 좋지 않은 기록은 좀 지웠으면 좋겠는데 말입니다.

'국회법' 7장 회의록에 대한 규정을 보면 다음과 같습니다.

제115조(회의록)

①국회는 회의록을 작성하고 다음 사항을 기재한다. (개의에서 산회까지 기타 19가지 사항)

②본회의의 의사는 속기방법으로 이를 기록한다.

③회의록에는 의장, 의장을 대리한 부의장, 임시의장과 사무총장 또는 그 대리자가 서명·날인하여 국회에 보존한다.

제117조(자구의 정정과 이의의 결정)

①발언한 의원은 회의록이 배부된 날의 다음날 오후 5시까지 그 자구의 정정을 의장에게 요구할 수 있다. 그러나 발언의 취지를 변경할 수 없다.

②회의에서 발언한 국무총리·국무위원 및 정부위원 기타 발언자에 있어서도 제1항과 같다.

③속기방법에 의하여 작성한 회의록의 내용은 삭제할 수 없으며, 발언을 통하여 자구정정 또는 취소의 발언을 한 경우에는 그 발언을 회의록에 기재한다.

④의원이 회의록에 기재한 사항과 회의록의 정정에 관하여 이의를 신
청한 때에는 토론을 하지 아니하고 본회의의 의결로 이를 결정한다.

국회의원들은 때때로 "속기록에 다 남는다.", "기록으로 남겨야 한
다."는 등의 표현을 곧잘 사용합니다. 질의시간이 끝나서, 주어진 발
언시간이 지나서 마이크가 꺼지더라도 육성으로 하고자 하는 말을 끝
마칩니다.

국회방송이나 의사중계록에는 발언시간이 끝나면 국회의원의 발언
이 거의 들리지 않습니다. 그러나 속기사들은 발언시간에 상관없이,
발언권과 상관없이 회의에 참석자(권한이 부여된 이, 상임위 소속 국
회의원, 본회의에서는 모든 국회의원)의 작은 발언까지 기록하게 돼
있습니다.

속기방법으로 기록된 회의록은 국회에 보존되기 때문에 그 하나가
대한민국 의정사 중 일부가 됩니다. 더욱이 속기방법으로 작성된 회
의록은 삭제할 수 없습니다. 따라서 때때로 위원장이나 발언 본인이
자구를 수정하거나 정정하기 위한 발언을 하기도 합니다.

이런 연유로 지난 12월 31일 한나라당이 2010년 예산을 날치기할
때는 별의별 촌극을 벌이기도 합니다. 마이크를 대신 속기사들이 사
용하는 녹음기를 손에 잡고 예산심사 보고를 하는가 하면, 차명진 의
원은 속기사의 녹음기를 윤증현 기획재정부 장관에게 전달하기 위해
몸싸움, 릴레이까지 연출했습니다.

회의에서 나온 발언이 속기록을 통해서 확정된다고 볼 수 있기 때
문입니다.

12월 31일 예산안 날치기 설명하는 심재철 위원장이 선 곳이 본회의장 속기사석이다.

속기사들이 사용하는 녹음기를 한나라당 의원들이 양쪽에서 받쳐주고 있다.

속기사에게 녹음기를 건네받는 차명진 의원.　　　정부 측 윤증현 장관의 예산설명 발언을 기록
에 남기기 위해서다.

날치기를 많이 보기는 했지만, '속기사 녹음기 날치기' 는 또 처음 본 것 같다.
한나라당 국회의원인지, 정부 측 관료인지 분간이 되지 않는 모습을 연출하기도 했다.

속기사들은 항상 녹음기를 소지하고, 혹시나 속기에 놓친 것 하나까지 기록하는 노력을 합니다. 귀는 항상 발언을 하는 사람을 향해 열어놓고 있습니다.

제목이 좀 아리송하기는 합니다만, 국회의원들의 발언은 속기사의 속기를 통해 기록되고 그래야 대한민국 헌정사에 작으나마 족적이 됩니다.

그래서 국회의원들은 회의를 할 때 속기사들을 때때로 많이 신경을 쓴답니다. 자신이 하고 있는 말이 잘 기록되고 있는지 해서 말이죠.

그리고 회의 중에 어떠한 일이 발생을 하면, 지난번 국토해양위에서 이병석 위원장이 4대강사업 예산을 날치기할 때 "이의 없습니까?" "이의 있습니다."라는 민주당의 항의를 묵살한 것. 회의에서 의원 간의 발언으로 민감한 감정싸움이 되는 일 등이 발생하면 항상 '속기록'을 가장 먼저 찾습니다.

고 김대중 전 대통령의 국회 명연설을 보고 싶을 때도 속기록은 아주 유용합니다. 다만, 과거 국회 속기록은 한문이 혼용돼 있어서 아쉬움을 느낄 때도 있습니다.

국회의원에게 발언시간은 언제나 한정적이다.
시계가 발언시간을 알려준다.

국회의원과 속기사, 바늘과 실이라고 해야 할까요? 악어와 악어새라고 해야 할까요? 여하튼 국회의 흥미로운 모습 중 하나 "국회의원의 발언은 속기사의 기록을 통해 헌정 역사가 된다." 입니다.

* 2010. 1. 8

2010년 경인년의
새로운 해맞이

— 2010년 해맞이를 다녀왔습니다

"그래도 2010년의 태양은, 눈이 부시게 붉게 타올랐습니다."

2010년 1월 1일 첫 해맞이를 다녀와서…

2008년 12월 31일 재야의 종소리를 국회의사당에서 지샜습니다.

2009년 12월 31일도 마찬가지였습니다.

언론 악법에 이어서 2010년 예산, 노동법을 직권상정—날치기하는 그들의 무도함과 후안무치함에 '대한민국 국회'는 민주주의가 실종됐고, 대화와 타협의 정치가 실종했습니다.

단 2시간 눈을 부치고, 지역 주민과 함께 2010년의 첫 해맞이를 위해서 동작구 국사봉에 올랐습니다.

매년 더 많은 주민들께서 국사봉을 찾아주시는 것 같았습니다. 작년보다도 더 많은 분들로 국사봉 정상은 발디딜 틈없이 사람으로 꽉 찼습니다.

아직 보름달이 나뭇가지 사이에 얼굴을 내밀고 있던 시간.

2시간의 졸리움과 피곤함, 심적 괴로움은 뒤로 제쳐두고 동작구 국사봉을 올랐다.

정상 부근에 이르니, 도심 속 어둠이 서서히 걷혀가고 있었다.

더 이른 시간에 국사봉에 오른 주민들과의 인사. "안녕하세요? 반갑습니다. 새해에 복 많이 받으세요."

삼삼히 추운 날씨에도 국사봉 정상은 매년 늘어나는 주민들로 북새통.

먼 곳에서 우수룩하게 동이 터오기 시작했다.

'어디 보자~'

'어디 보자~' '어디 보자~' '어디 보자~'
시선 집중. 카메라 준비 on!

"만세!! 해다. 해다, 2010년의 해다!!"

수많은 사람의 기대를 품고, 그 기대를 타고, 머리 위로 빼꼼히!

이제 지긋지긋했던, 악몽 같던 2009년이 갔다. 2010년의 새해다.

2009년 선종한 김수환 추기경, 서거하신 노무현 대통령, 김대중 대통령께 마음속 '묵념'

기념촬영은 필수 조건. 그래도 새해를 보니 기분은 좋다.

주민들과 함께 나눈 가래떡의 맛은 꿀맛.

그사이 산 위로 올라선 2010년의 해가 붉게 타오른다.

아이들과 사탕도 나누고. "새해에는 뜻하는 것 모두 이루시길…"

2009년 우리는 끝없이 분노해야 했고, 끊임없이 눈물을 닦아야 했습니다.

새로 시작하는 2010년은 일제에 의해 강제 한일합방이 된 지 100년이 되는 해입니다.

남과 북이 총을 겨눴던 6.25전쟁이 있은 지 60년이 되는 해입니다.

이승만 자유당 정권에 분연히 일어섰던 4.19혁명이 있은 지 50년이 되는 해입니다.

전태일 열사가 근로 환경 개선을 요구하며 분신자살한 지 40년이 되는 해입니다.

광주에 민주화의 붉은 꽃이 피었던 5.18민주화운동이 있은 지 30년이 되는 해입니다.

분단의 반세기를 넘어 남북한이 손을 잡은 남북정상회담이 있은 지 꼭 10년이 되는 해입니다.

그래서 그런지, 유난히 더 붉은 첫 해가 떠올랐습니다.

부단히 다시 일어서겠습니다.

　한나라당과 이명박 정부가 짓밟은 민주주의, 대한민국 국회의 정체성, 다시 일으켜 세우기 위해 부단히 노력하겠습니다.

　2010년 경인년은 60년 만에 찾아오는 백호랑이의 해라고 합니다.

　백호의 기개, 가족의 건강함, 뜻한 바 이루시는 한 해가 되기를 기원하겠습니다. 감사합니다.

　새해 복 많이 받으세요.

＊ 2010. 1. 1

3:

블로그 모음글

불통의 시대, 저항을 말하다

"날치기 바이러스 여기서 그만 끝내십시오.
절대다수 거대 여당답게, 조금이라도 양보하는 마음을 갖고 협상에 임하십시오."
"국민 75%가 반대하면 그것이 다수결의 원칙입니다."

'백범 김구' 품에서 열린 『친일인명사전』 국민보고대회

『친일인명사전』 발간은 우리 역사의 새로운 출발입니다

우리 민족 역사의 새로운 출발점이 오늘 국민들께 보고가 됩니다. 2001년 '친일인명사전 편찬위원회'(위원장 윤경로) 설립을 시작으로 무려 8년 간, 150여 분의 전문가들과 국민의 모금운동으로 그 모습을 드러낸 『친일인명사전』.

이번에 발간된 『친일인명사전』은 '친일문제연구총서' 중 인명편으로 총 3권으로 이뤄졌고, 엄격하고 철저한 기준에 따라 고증된 4,384명의 친일 행적이 기록되며, 이들 가운데는 장면 전 국무총리, 현상윤 고려대 초대 총장, 음악가 안익태, 소설가 이광수 등이 포함돼 있습니다.

그 내용 역시 실날하고 또 철저하게 그들의 활동이 기록돼 있습니다. 이제 이를 국민들께 보고하는 일이 남았습니다. 국민들께 보고를 드리고, 우리는 이를 기반으로 광복 60년 이후 동안에도 치유하지 못하고 있는 우리 역사의 아픔을 치유하는 새로운 도화선으로 삼아야 합니다.

아직 일제의 아픔을 가슴에 담고 살아가시는 종군위안부 피해자 할머님들, 평생을 아픔으로 살아오셨을 징용 피해자 분들, 나라의 독립을 위해 무던히 싸우셨고, 민족의 정신과 사상, 교육, 이념에 모든 걸 매진하신 독립운동가 여러분들과 그 후손들…

아직도 친일행위로 얻은 재산을 돌려받으려고 하는 파렴치하고 후안무치한 사람들…

11월 8일 오후 2시 숙명여대 아트홀. 장소 대관을 취소하고 나온 문제부터, 보수단체의 극렬한 반대까지 다양한 내용의 보도가 나오고 있습니다.

그러나 국민들께 우리 역사를 보고하는 것에는 달라지는 것이 없습니다. 국민들께서 잘 살펴봐 주시고, 우리 역사가 이제는 새롭게 출발할 수 있도록, 해방 이후 아무것도 정리하지 못하고 '사상누각'이 된 대한민국이 새로운 땅위에서 바로 설 수 있도록, 많은 관심을 부탁드립니다.

'백범 김구' 품에서 열린 『친일인명사전』 국민보고대회

숙명여자대학교는 근대 우리 여성들의 개화와 민족의식 고취를 위해 세워졌던 사학입니다. 그런데 왜 그랬을까요? 『친일인명사전』 국민보고대회를 이틀 앞두고 돌연 행사장 대관 취소를 통보합니다. 통보 이유는 "충돌, 소란이 일어날 가능성 때문"이라고 밝혔습니다.

세상일이 참 재미있습니다. 어떤 이유에서인지, 정권에 눈치를 본 것

오후 2시 숙명여대 앞에 모인 『친일인명사전』 국민보고대회 참여 시민들.

인지, 외부 세력에 의한 압력이었던 것인지, 숙명여대가 자신의 태생적 의미를 걷어 찬 결정을 내린 덕분에 더 많은 국민들께서 관심을 보여주셨습니다.그리고 11월 8일 오후 2시가 넘어서까지 숙명여대는 끝내 학교 문을 닫고, 경찰을 세우고, 행사장을 대관해 주지 않았습니다.

경찰을 동원한 숙명여대는 끝내 문을 민족사학으로서의 자존심을 열지 않았다.

그러나 행사에 참여한 시민들께서는 어떠한 물리적 행위도 하지 않았습니다. 질서정연했습니다.

멀리 부산에서 오신 경찰 여러분들도 수고 많으셨습니다.

다같이 발간 축하 만세를 불러 봤다!!!

8년을 기다렸고, 우리 독립운동가들께서 받으셨을 뼈를 깎는 고통에 비하면, 아직 우리가 있어야 할 곳은 거리인가 봅니다.

민족문제연구소 측은 절차를 지키고, 대관료도 다 치른 상황에서 대관을 취소하는 말도 안 되는 일이라고 항의했습니다.

"김구 선생님 품으로 갑시다!"

다같이 질서정연하게 이동했다.
하늘의 뜻인가? 숙대 옆에는 김구 선생님께서 잠들어 계셨다.

국민보고대회 참여진들이 떠났어도 문을 닫은 채 경찰은 더 머물러 있었다.

백범 김구 선생 기념사업협회!
백범 학술원 이름이 이리도 반갑고 눈물날 줄이야!

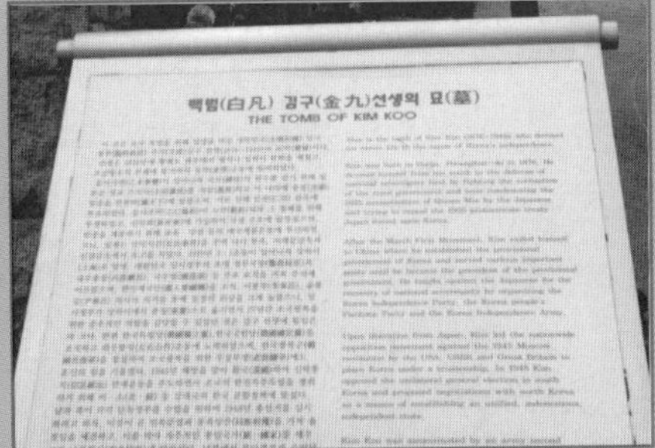

8년간 국민과 함께 만든 『친일인명사전』을 들고 백범 선생님께 왔다.

8년 만에 그 모습을 세상에 드러낸 『친일인명사전』

"60년이 지나서야 왔습니다."

"백범 선생님, 다시 한 번 당신의 그 큰 뜻을 새겨 봅니다."

3. 불통의 시대, 저항을 말하다

　결국 덕분에, 『친일인명사전』국민보고대회가 많은 시민들의 참여와 언론의 관심을 받으면서, 더 의미있는 장소인 효창공원 내 백범 김구 선생 묘역에서 이뤄졌습니다. 민족의 지도자 백범 선생 앞에서 반민족, 친일행위자들을 광복 60년이 넘어서야 제대로 정리해서 보고를 드릴 수 있게 됐습니다.

　이번에 발간된 『친일인명사전』은 총 3권에 4,389명의 친일행위자를 수록해 놓았습니다. 단순히 수록만 해 놓은 것이 아니라, 그 사람이 어떻게 어떤 친일 행위를 했고, 고증자류는 무엇인지까지 다 첨부된 진정한 의미의 우리 근현대사라 할 수 있습니다.

　1991년 민족문제연구소가 출범되면서 시작된 노력들이, 1999년 '친일인명사전 편찬지지 전국 교수 일만인 선언'으로 이어졌고, 2001년 친일인명사전 편찬위원회가 탄생했습니다. 그리고 5,000여 명 회원의 후원과, 2004년 국민성금운동으로 열흘 만에 5억 원의 성금이 모아졌고, 이후에도 계속 국민성금이 답지해 7억 원의 국민 편찬기금이 조성됐습니다. 연구소, 학계, 국민의 노력이 삼위 일체되어 8년 만에 그 결과물이 탄생된 것입니다.

　이 토대 위해서 편찬위원회는 사회 각계 분야 교수, 학자 중 전문연구자 150여 명이 참여했고, 이들을 포함한 180여 명의 집필위원들이 『친일인명사전』을 만들어낸 것입니다.

　이제 국민들에 보고했고, 백범 선생께도 보고를 했습니다. 더 많은 국민들께서 또 우리 역사가 『친일인명사전』을 통해서 광복 60년 동안 청산하지 못하고 있는, 치욕의 역사를 씻고 새로운 역사로 나아갈 수 있는 계기가 되기를 간절하게 바라 마지 않습니다.

백범 선생님 묘역 앞에 놓인 『친일인명사전』
백범 선생님을 비롯한 우리 독립운동가분들께 부끄럽지 않도록 역사를 바로잡아야 한다.

마지막으로 숙명여대 관계자분들…
또 숙명여대에 영향을 미치셨을(?) 그 어떤 분들께 감사의 말씀을 드립니다.
덕분에, 더 뜻깊게, 더 많은 국민이 보는 앞에서 보고대회를 잘 치뤘습니다.
단풍 구경도 잘하고 말입니다.

그러나 당신들의 행위가 부끄러워지는 건 어쩔 수 없나 봅니다.

3. 불통의 시대, 저항을 말하다

부디 『친일인명사전』의 발간 뿐 아니라 이후에도 많은 활동이 있을 수 있도록, 많은 구매와 『친일인명사전』에 대한 후속조치에 대해 지속적인 관심을 부탁드립니다.

'논란의 중심' 박정희 대통령 페이지를 펴보니

이번에 발간된 『친일인명사전』의 가장 큰 이슈는 박정희 대통령의 '혈서 공개' 였습니다.

박정희 대통령 아들인 박지만 씨는 『친일인명사전』에 대해서 법원에 『친일인명사전』에서 "박정희 대통령의 이름을 빼달라."는 가처분 신청을 한 바 있습니다. 박지만 씨 이외에도 장지연 씨의 후손들도 가처분 신청을 했습니다.

그러나 법원은 이들의 가처분 신청을 모두 기각했습니다.

발간된 『친일인명사전』을 들고 논란이 된 인사의 페이지를 가장 먼저 펼쳐봤습니다.

펼쳐보니, '법원이 가처분 신청을 기각할 수밖에 없었겠다' 라는 생각이 들었습니다. 정확한 사실만 사료에 근거해서 적어놨기 때문입니다.

읽어 보니, 사료 이외에서 발췌하고, 시간의 흐름에 따라 그가 한 일들만 정확하게 적어놨습니다. 그러니 어느 누가 보더라도 흠을 잡을 수가 없는 것이죠.

1페이지.

2페이지.

3페이지.

4페이지.

3. 불통의 시대, 저항을 말하다

민족문제연구소 직원의 도움으로 촬영한 박정희 대통령 페이지.
정확한 사료와 근거를 바탕으로 시간 순서대로 역사를 써놓고 있었다.

또 다른 이슈가 됐던 장지연의 페이지.

논란의 여지가 없지만, 정말로 넘기다가 눈이
멈춰버린 이완용의 페이지.

읽어 보시면 아시겠지만, 정확히 사료에 근거한 내용을 시간 순서대로 기술하고 있습니다.

법원이 『친일인명사전』에 대한 가처분 신청을 모두 기각한 것은 이처럼 민족문제연구소가 오랜 시간 동안 방대한 사료 수집을 통해 근거 자료를 모두 찾아 그를 기반으로 했기 때문입니다.

일부 언론의 보도에서 『친일인명사전』에 수록된 인사의 후속이 명예훼손 등의 소송을 제기한다는 소식이 들렸습니다.

그러나 결코 얻고자 하는 결과를 얻을 수 없을 겁니다. 『친일인명사전』은 명확히 근거 자료를 기반으로 단순 서술만 했기 때문입니다.

명예훼손을 제기하려는 후손분들 『친일인명사전』을 구입해서 읽어 보시고, 그러한 행동을 취하시기를 권해 드립니다.

＊2009. 11. 8

오바마 대통령 말 속에
'남북 관계의 열쇠가 있다'

"산속의 난 좁은 길도 계속 다니면 금방 길이 만들어지지만, 다니지 않으면 풀이 자라 길을 막는다."

버락 오바마 대통령이 '미중 전략 경제대화' 에서 맹자의 가르침을 인용해 언급한 말입니다. 위 인용구에 대한 부언으로 "중국과 미국이 지속적인 대화를 통해 미래로 향하는 상호 신뢰의 길을 만들어 가자."고 제안했습니다.

그리고 1주일 뒤, 오바마 대통령의 발언 대상인 중국은 아니지만 빌 클린턴 전 대통령은 북한을 방문해 김정일 국방위원장을 만나게 됩니다. 많은 보도가 있었지만, 북한에 억류된 기자를 미국으로 송환하고, 그동안 북한이 '특사' 의 인물 인지도가 낮다 하여 거부했던 오바마 대통령의 대북 특사를 대폭 격상시켜 한 번에 성사시키기 위한 카드라고 보는 게 적당할 거 같습니다.

빌 클린턴 전 미국 대통령과 김정일 국방위원장.

　우선, 여기서 한 가지 짚고 갈 게 있습니다. 지난 10년의 햇볕정책을 다르게 표현한다면 오바마 대통령이 인용한 맹자의 가르침과 다를 것이 없다는 점이란 사실을 말입니다.

　오랜 기간 방치해두고 수풀이 우거지고, 수목이 울창하여도 사람이 다니기 시작하면 그곳은 길이 됩니다. 실크로드, 차마고도 등 과거 아련한 선조들의 물자교류를 위한 교역로들은 다 '사람이 다녀서' 만들어진 길입니다.

　험난하고, 산악을 넘고, 사막을 지나, 강을 건너야 하지만 사람이 다니기 시작하면 그곳은 길이 됩니다.

　6.25전쟁이 발발하고, 아니 해방공간에서부터 남과 북의 관계는 차갑게 얼어만 갔습니다. 그것이 고착되어 1997년까지 반세기를 이어온 것이고요. 예전에 길이 있던 곳은, 김구 선생께서 걸어가셨던 그 길에는 수풀만 우거지고, 그곳이 길이었는지조차 알 수 없는 상태가 되었습니다.

　그곳을 다시 길로 만들고자 사람이 다니게 하기 위한 정책이 바로 햇볕정책입니다. 햇볕정책을 바라보는 시각이 모두 다를 수 있습니다. 세상을 바라보는 가치관이 사람마다 다 다르기 때문이죠. 그러나 확실한 것은 남북 간에 사라졌던 길을 만들었다는 점은 분명히 기억해야 합니다.

남북 간의 사람이 다닐 수 있는 길이 필요한 이유는 '남북 관계'의 주체가 우리가 될 수 있기 때문입니다. 6자 회담도, 대북 외교도 모두 남북이 서로 믿고 다닐 수 있는 길이 있을 때라야 우리가 중심이 될 수 있습니다.

그런데 이명박 정부 들어와서 지난 10년간 만들어 놓은 길에 다시 수풀이 우거지고, 길이 아닌 것처럼 사라지고 있습니다. 그냥 사람이 다니지 않는 정도가 아닙니다. 지난 10년의 성과는 모조리 무시하는 것도 모자라 이명박 대통령은 유럽 순방 중에 외신과의 인터뷰에서 "지난 10년 정권의 대북정책이 완전히 잘못됐다."라는 의혹을 제기할 정도로 비난하고 힐난하고 있습니다.

이러한 현 정권 아래서 '남북이 다니던 길'은 사람이 다닐 수 없게 됐고, 점점 수풀이 우거지고 있습니다. 이것도 모자라 현 정부는 스스로 없어지는 길에 가시나무까지 심고 있습니다. 얼어붙어 다니지 못한 길을, 다시 어렵게 다닐 수 있는 길로 만들어 놨더니, 다시 꽁꽁 얼리고 있습니다.

남과 북의 관계의 중심에는 남과 북이 있어야 합니다. 우리가 있어야 합니다. 다시 우리가 아닌 다른 강대국의 손에 우리의 관계와 운명을 맡겨서는 안 된다고 생각합니다. 그러나 이미 현 정권은 국제사회로부터 '남북 관계' 조율에 대한 신뢰를 잃었습니다. 현 정권이 제안했던 5자회담. 철저히 무시당했고, 클린턴 전 대통령의 방북도 남한과 사전 조율 없이 이뤄진 것으로 보도되고 있습니다.

클린턴 전 대통령은 북한에 억류됐던 두 명의 여기자를 무사히 미국으로 데리고 돌아갔습니다. 그 두 명의 여기자가 무사히 미국으로 갈 수 있었던 것은 클린턴 전 대통령이 평양에 갔기 때문입니다. 북한과 미국 사이에 사람이 다니는 길이 생겨나고 있기 때문입니다.

우리 남한도 북한에서 데려와야 할 사람이 많습니다. 개성공단에서 억류된 유씨와 이번에 동해에서 나포된 어부들을 하루속히 가족의 품으로 돌려보내줘야 합니다. 그러기 위해서는 제대로 된 길이 필요합니다.

남북 관계는 대한민국의 과거의 아픔을 치유하고 미래로 나아갈 우리의 정체성입니다. 계속 다니면 길은 금방 만들어집니다. '돈'의 논리에 너무 많은 걸 함몰시켜서는 안 됩니다. 현 정권은 "지난 10년 동안 모든 남북 교류를 포함시켜 북한에 투입된 비용이 9조다."라고 말하고 있습니다. 그런데 우리는 매년 30조에 달하는 국방예산을 사용하고 있습니다.

더 넓은 시각으로 봐야 합니다. 남북 문제를 해결하는데 있어서 주체는 우리가 되야 합니다. 남북 관계를 만들어가는데 있어서 주체는 우리가 되야 합니다. 남북 통일을 그리는데 있어서 주체는 우리가 되야 합니다.

오바마 대통령의 말 속에 남북 관계의 열쇠는 있습니다. 다시 길을 만드십시오. 길을 만들려고 노력하고 자주 왕래하면 길은 생각보다 금방 만들어질 수 있습니다.

* 2009. 8. 5

미국·일본산 '황소개구리' 걱정되는
종합편성채널

예상되로 가고 있습니다. 결국 우리나라 뉴스에 외국 자본들이 속속 들어오고 있습니다.

우리가 한미 FTA 협상을 할 때도 모든 것을 걸고 지킨 분야 중에 하나인 '방송주권'을 아무 이유 없이 '수구 족벌 언론'에 '종합편성채널'이라는 선물을 주기 위해서 방송에 대한 주권을 포기하는 것입니다.

처음부터 주장해 왔고, 우려했던 일들이 하나하나 일어나고 있습니다. 예언가라서 그런 게 아닙니다. 누구나 한나라당이 날치기 시도한 법안을 이해한다면, 예상 가능했던 문제입니다.

그러면 비공식적으로 들려오는 이야기, 소문으로 떠도는 이야기는 빼고, 언론에 보도된 내용만 한 번 보겠습니다.

동아일보는 미국 1위 케이블망 사업자 캠캐스트가 투자한 한인 유명 케이블 방송과 MOU를 채결했다고 보도됐습니다.

중앙일보는 지난 10월 29일 미국의 6대 미디어그룹 중 하나인 '타

임워너'와 손을 잡았습니다.

이외에도 중앙일보는 워싱턴포스트, 허스트와 MOU를 체결했고, 마이크로소프트와도 MOU를 맺었다고 알려졌습니다. 매일경제는 일본 대표적 경제지인 닛케이와 손을 잡았습니다.

이외에도 복수 이상의 외국 언론 자본과 접촉 중이라는 다양한 이야기들이 나오고 있습니다.

자, 이 문제에 대해서 몇 가지 사례를 들어 보겠습니다.

8월에 있었던 '방송법 시행령' 문제에 대한 전문가 토론회.

우선 영국의 채널3 ITV. 우리나라로 치면 MBC와 같다고 보면 되는 채널입니다. 1990년대 초 영국은 현재 한나라당이 추구하고 있는 미디어법과 거의 유사한 형태로 방송시장을 개방합니다. BBC를 제외한 지상파 채널에 대해서 외국 자본, 대기업 자본에 개방합니다.

어떻게 됐을까요? 채널3 ITV는 미국의 머독의 자본이 들어왔습니다. 깨끗하게 망했습니다. 수익을 위해 무리한 사업확장을 하다가 비용을 감당하지 못하고 무너졌습니다. 그러나 지금 루퍼스 머독은 BskyB를 통해 디지털 위성방송 사업을 새로이 추진해 ITV에 중계료를 받고 막대한 수익을 창출하고 있습니다.

채널5의 경우는 폴란드 자본이 투입됐고, 60~70년대 헐리웃 상업방송이 송신되고 있는 실정입니다. 지금 채널3 ITV나 기타 지상파의 경우 BBC의 수신료 3.5%를 배분받고 있는 실정입니다.

왜? 외국 자본이 문제인가 하는 문제에 대한 사례도 있습니다.

미국에서 디즈니가 소유하고 있는 abc에서는 대표적 시사 프로그램을 통해 '디즈니의 부정회계'를 공개 특종 보도했습니다. 그런데 어떻게 됐을까요? abc의 대표적 시사 프로그램은 폐지가 됐고, 특종을 취재한 기자는 해고됐습니다.

과거 중앙일보와 동양방송의 '사카린 밀수사건' 보도는 말하면 입이 아프고, '대천 앞바다 기름 유출사건'에서도 중앙일보의 은폐, 축소 보도 역시 큰 문제가 됐었습니다.

외국 자본이 들어온 채널들에서 '한미 FTA'에 대한 보도를 하면 어떻게 될까요? 일본 자본이 들어온 종합편성채널에서 '한일 어업협정'이 문제가 되면 어떤 보도 행태를 보일까요?

위의 사례를 살펴보면 결과는 불을 보듯 뻔합니다.

첫째, "보도를 하지 않는다."
둘째, "보도를 하더라도, 가치 중립적으로 접근하는 척할 것(양비론)"
셋째, "보도를 하더라도, 단신으로 말미에 작게 보도할 것"
넷째, "한국의 잘못을 지적하는 편중보도를 할 가능성"

이 문제에 대해서 지속적으로 문제를 지적해 왔습니다.

'종편의 노예'가 된 보수 족벌 신문이나, 보수 족벌 신문에 굴욕해

더욱이 종편이 진출하려는 신문들의 경우 '실체적 진실' 보다
'자사 이익' 을 우선에 두는 보도를 해 왔다.

전병헌 의원은 아래의 내용을 상임위를 비롯
언론 인터뷰를 통해 수없이 지적해 왔다.

무한 특혜를 주려는 이명박 정부와 한나라당은 알아먹지를 못하겠지
만 말입니다.

Q. '방송법' 을 보면 종합편성채널과 보도채널에 외국 자본을 투입
할 수 있도록 돼 있다. 문제점은.

위성방송도 기존의 외국 자본 지분율을 33%에서 49%로 늘려놨다.
여야가 마지막 협상 당시, 거저 내줄 것이 아니라 충분히 대가를 받거
나 일정한 옵션을 통해 충분한 장치를 만든 뒤에 하는 것이 옳지 않느

황소개구리로 겪었던 우리 생태계의 파괴.
'미국산·일본산' 황소개구리 종편의 '보도주권, 방송주권' 파괴의 피해는
산정하기도 힘들 것.

냐고 의견을 제안했고, 이를 잠정적으로 수용한 바 있다.

그런데 한나라당은 날치기 통과처리를 하면서 종합편성채널에 20%의 외국 자본, 보도채널에 10%의 외국 자본을 진입할 수 있도록 했다. 한마디로 문화주권과 방송주권을 거저 내준 것이다. 방송주권은 지난 2007년 한미 FTA 협상 당시 방송인의 피땀 어린 노력과 국민들의 지원이 지켜낸 것이다. 이 과정에서 스크린쿼터제가 146일에서 73일로 축소가 되는 그런 고통과 아픔도 감내했다. 한나라당이 거대 족벌신문과 재벌에 방송을 주기 위해 방송주권을 외국 자본에 거저 내준 것이다. 국민들로부터 원성과 지탄을 모면할 수 없을 것이다.

지금이라도 늦지 않았습니다. 적어도 '미국산·일본산' 황소개구리 '종편'은 막읍시다. 독소조항들을 고치면 됩니다. 지금이라도 늦지 않았습니다. 종편에 주려고 하는 무한한 특혜 없애면 됩니다.

'미디어법' 다시 논의합시다.

* 2009. 12. 15

정연주 판결문에 놀라고,
KBS 사장 추천에 기함했다

지난 12일 "정연주 전 KBS 사장이 부당한 해임을 당했다."고 판결한 사법부에 박수를 보냈습니다. 비록 헌법재판소 판결과 같이 '과정에 문제는 있었으나, 결과는 바꿀 수 없다."라는 논리의 반복으로 '해임 취소'에 대해서는 기각을 했지만 말입니다.

그런데 오늘 아침 항상 챙겨 보는 '법조기자'의 '오늘을 증언한다' 블로그에 갔다가 깜짝 놀랄만한 글을 읽었습니다. 언론에서는 제대로 조명되지 않은 '정연주 사장의 판결문에 대한 문제점'들이 상세하게 적혀 있습니다.

법조기자께서 분석해 놓은 판결문 요약본을 읽어 보니, 2심, 3심으로 넘어가게 되면 판결 결과를 뒤집기 딱 좋게 판결문을 써놨더군요. 사실 관계를 법리 해석에 따라 언제든 뒤집어 놓을 수 있게 써놨습니다.

법조기자께서 쓰신 글을 퍼올 수는 없으니 관심 있으신 분께서는 '정연주 전 사장 판결, 이래서 문제다'를 클릭해 주세요.

간략하게 추려 보면 이렇습니다.

하나, "KBS 사장에 대해 대통령의 해임권이 명시돼 있지는 않으나, 그 이유만으로 임명권자인 대통령에게 해임권한이 없다고 볼 수 없다."

둘, "방송통신위원회가 법원의 판결을 기다리지 않고 신태섭 이사를 해임한 것은 잘못된 것이 아니다. 자의적 판단으로 해임할 수 있고, 따라서 방통위가 강성철 이사를 추천 결의한 것과 대통령이 이사를 임명한 것에 대해 당연 무효라 할 수 없다."

셋, "정연주 사장을 이사회가 해임한 것은 재량권을 일탈·남용한 것이라 볼 소지가 있지만, 그것이 중대·명백하다고 하기는 힘들다. 그 이유는 정연주 사장이 경영 판단을 잘못해 적자가 만성화됐다. 감사원 해임제청 요청과 이사회의 해임제청 결과에 정연주 사장이 따른 것이다. 현 방송법에 한국방송사장 해임에 관해서 규정해 놓고 있지 않기 때문에 해임사유가 정당한지를 판단하기가 쉽지 않았다."

위의 세 가지가 법원 판결문의 핵심 요지라 할 수 있습니다. 정말 헌법재판소의 판결문에 비교해도 뒤지지 않을 명문을 적어놨습니다. 법조기자의 해석처럼 저 역시 이 판결문의 요지만 봐도, 얼마나 우리 사법부가 권력지향적이고 정치적 판결을 내리는지 알 수 있습니다.

절차상에 너무 중대한 하자가 있어서 마지못해 '해임 무효' 판결을 내린 것이지, 실제 내용상을 들여다보면 이명박 대통령, 방송통신위원회, KBS 이사회까지 큰 잘못이 없다는 겁니다.

도리어 대통령에게는 "KBS 사장을 마음대로 잘라도 된다. 그것이 방송의 독립성을 위한 길이다."라는 궤변까지 늘어놓고 있습니다.

2000년 1월 12일에 방송법을 개정하면서 KBS 사장에 대한 대통령의 '임면권'을 '임명권'으로 바꾼 것은 KBS의 방송 중립성을 위해 대통령이 KBS 사장을 마음대로 자를 수 없도록 한 것입니다. 이에 대한 입법 취지까지 법원이 그것도 행정법원이 재단하는 것은 누가 권한을 준 것입니까?

더욱이 두 번째 신태섭 이사의 해임에 대해서는 신 이사가 제기한 소에서 "해임을 취소해야 한다."는 판결을 내린 바 있는데, 그와 전혀 상반된 논리를 정연주 사장 판결문에 넣어놓은 것은 무슨 이유인지요?

참, 여러모로 답답하고 놀라운 판결문입니다. 요즘 들어서 나오는 판결문들을 읽어 보면, 마치 소크라테스 시절의 소피스트들의 대결을 보는 듯합니다. 전혀 법상식에도 맞지 않고, 일반상식에서는 완전히 궤도를 이탈하고 있습니다.

민주주의에서 중요한 요소 중에 하나에 '예측 가능성'이라는 게 있습니다. 이번 정연주 사장에 대한 판결은 향후 2심, 3심에서 법원이 어떠한 판단을 내릴지 예측 가능한에 들어오게끔 판결문을 써놓은 것은 잘한 거라고 말해야 하나요? 아니면, 언론에 보도되는 판결 결정 내용과 판결문이 상이해서 예측이 안 됨으로 잘못했다고 해야 하나요?

사법부가 정말 제대로 바로서기를 간절히 바래 봅니다. 매번 뒤통수를 맞으면서도 바람해 봅니다.

사법부의 판결문에 이어서 이번에는 KBS 사장추천위원회가 압축해 추천해 놓은 5명의 인사 때문에 기함했습니다.

이병순 현 사장, 김인규 한국디지털미디어산업협회장, 강동순 전 KBS 감사, 이봉희 전 KBS LA 사장, 홍미라 전국언론노조 KBS 계약직 지부장. 이 다섯 명은 19일 KBS 이사회(손병두 이사장)의 면접을 통해 1인으로 선정하고, 대통령이 이를 임명하도록 돼 있습니다.

이병순 현 사장에 대해서는 국정감사에서 워낙 많은 질타를 했기 때문에 더 이상 말할 필요도 없을 거 같습니다.

김인규 회장? 아니 사장추천위원회 위원들께서는 방송통신위원회 국정감사 안 보셨습니까? KBS 국정감사 안 보셨습니까? 뉴스도 한 번 안 보셨습니까? 아, KBS 뉴스만 보셔서 몰랐나 봅니다. 김인규 회장이 민간기업으로부터 250억 원의 기금납부를 종용해 물의를 일으킨 것에 대해서 모르셨습니까?

김인규 회장이 KBS 사장 후보 신청한 것도 기함할 일인데, 사장추천위로부터 선정된 5인에 들어갔다는 것은 도대체 이해할 수 없고, 납득할 수 없으며, 인정할 수 없는 문제입니다.

강동순 전 KBS 감사는 한나라당, '녹취록 파문'의 주인공 아닙니까?

법원으로부터 무죄, 해임 취소 판결을 받고 있는 정연주 사장과 신태섭 이사에 대한 '해임' 책임은 누가 져야 하는 것인지요?

KBS 및 언론관련 노조로부터 날아오는 사장추천위원회 규탄 성명들.

19일 5인 중 어떤 사람이 남을지 심히 기대가 됩니다. 지금 남아 있는 5명의 후보만 본다면, MB 정부가 방송장악에 대해 우려하고, 규탄하는 목소리에 대해서 "니네는 떠들고 싶으면 떠들어라. 우린 하고 싶은대로 한다."는 심산인 것 같습니다만, 세상일이 모두 뜻대로만 된다면 그보다 좋은 일이 어디 있겠습니까?

그런데 세상에는 될 일이 있고, 안 될 일이 있는 것입니다. 무리한 욕심내지 마십시오. 자기 양보다 더 많이 먹으면 체하는 것이 이치입니다.

* 2009. 11. 16

전문가들이 본
미디어법 헌재 판결의 의미

헌법학자, 정치학자, 입법학자, 언론전문가를 모았습니다. 헌법재판소 미디어법 판결의 헌법적 의미를 들어 보기 위해서입니다.

4인 4색 전문가에게 들어 본 미디어법 헌재 결정의 헌법적 의미.

'헌재 판결이 지닌 진정한 뜻이 무엇인가, 입법부로서 국회가 가져야할 의무가 무엇인가, 우리 정치 무엇이 잘못됐나, 언론인으로서 작금의 사태에서 어떤 생각을 가져야 하는가' 라는 4가지 색깔의 이야기를 들어 봤습니다.

"헌재 판결을 왜곡해서는 안 돼", "국회의장은 헌재 판결의 기속력에 따라 재논의 해야"

헌법재판소(이하 헌재)가 내린 권한쟁의 심판의 본래 성격과 헌재 재판의 비강권적 성격을 고려해서 헌재가 내린 미디어법 판결을 해석해야 한다.

헌재는 청구인이 신청한 권한쟁의 심판에 대해 청구인의 청구 취지를 인용해 "국회의원의 심의 의결권이 명확히 침해됐다."고 판결했다. 신문법에서는 6인이, 방송법에는 5인이 권한쟁의 심판에 대해 피청구인(국회의장)이 청구인의 권한을 침해했다고 인정한 것이다. 즉 청구인이 권한쟁의 심판에서 승소한 것이다.

다만 권한쟁의 심판은 국가기관의 권리침해 여부를 심판하는 것임에 따라 헌재가 입법부로서의 국회의 권한을 존중해서 그 법안의 효력 여부까지는 판단하지 않고 국회의 자율권에 맡긴 것이다.

헌법재판소 66조 2항을 보면 "헌법재판소는 권한침해의 원인이 된 피청구인의 처분을 취소하거나 그 무효를 확인할 수 있고, 헌법재판소가 부작위에 대한 심판청구를 인용하는 결정을 한 때에는 피청구인은 결정취지에 따른 처분을 하여야 한다."고 규정돼 있다.

헌재가 권한침해 여부를 판단했고, 침해 결정에 따라 그 처분, 이 경우에는 미디어법의 효력 여부를 취소하거나 무효를 확인할 수 있도록 돼 있다. 이번 결정에는 법률의 유효성을 확인한 게 아니고, 무효 확인을 하지 않겠다는 헌재의 의사를 표현한 것이다. 그 이유는 궁극적으로 다수 의견을 종합해 재구성하면 국회 스스로 해결하도록 권고하는 게 헌정질서 유지에도 바람직하다는 결론을 낸 것이다.

우선 헌재는 권한쟁의 심판에서 국회의원의 표결권이 침해됐음을 인정했고, 위헌·위법 사항을 국회 스스로 해결토록 했다. 그러면 피청구인(국회의장)은 헌재 판결의 기속력(헌법재판소법 67조 2항 "헌법재판소의 권한쟁의 심판의 결정은 모든 국가기관과 지방자치단체를 기속한다.")에 따라서 위헙·위법 사항을 해소토록 노력해야 한다.

국회의장이 "헌재 판결로 미디어법 논란이 종결돼야 한다."고 말한 것은 헌재 판결을 이해하지 못한 것이나, 본 뜻을 모르고 하는 말이다. 국회의장이 헌재가 부여한 위헌·위법 사항 해결을 위해 적극 노력해야 하고, 국회의 교섭단체와 구성원들은 그 뜻에 따라야 한다.

많은 국민들은 "강제할 수단이 없느냐."는 의문을 갖고 있다. 그러나 헌재 재판의 기본 속성은 비강권 재판이다. 정치적으로 국가기관들이 순응할 의무를 지는 것으로 궁극적으로 주권자인 국민들이 헌재 판결을 준수하지 아니하는 국가기관에 대해 정치적 심판을 여론이나 선거를 통해 해결하는 것이 그 본질이다.

"왜 헌재까지 갔어야 했나?", "헌재 판결 기다릴 3개월 동안 정치 스스로 정리했어야"

국회 내부, 넓게 보면 정치의 관점에서 미디어법 헌재 판결의 의미를 어떻게 봐야 할지를 말하겠다.

일사부재의 원칙 위반 있었다. 대리투표 있었다. 그러나 판단, 시정의 책임은 헌법적 독립권한을 가진 국회에서 하라는 게 헌재 판결의 요지라고 본다. 역으로 이렇게 물어볼 수 있을 듯하다. 하자는 있었는데 알아서 해결하라는 얘기를 듣기 위해 국회 안의 모든 정치인과 전국의 유권자들이 석 달을 기다렸나? 하는 문제다.

이번 권한쟁의 심판을 청구한 사건이 발생한 게 7월이다. 석 달을 국회 손을 떠나 헌재로 갔다. 3개월간 공이 헌재로 넘어갔다는 표현을 많이 썼고, 헌재 판결 이후에는 다시 공이 넘어왔다는 표현을 쓰는데 이는 정확한 표현이 아니다. 문제가 발생한 곳도, 출발한 곳도 국회고 헌재는 어디까지나 조연일 뿐이다.

석 달 동안 헌재에 갔을 것이 아니라 국회 안에서 해결이 됐어도 충분할 시간이다. 문제가 있다는 걸 확인받기 위해 헌재까지 간데 대해 국회 내의 행위자들은 반성해야 한다. 의회정치 영역에서 본다면 석 달의 과정은 난센스다.

도대체 헌재를 왜 갔나? 이 문제, 미디어법 처리과정에 이해가 안 되는 게 많다. 최소한 7월 말 본회의장에서의 사건은 없었어야 했다. 그러나 사건이 발생했다. 이후에는 일사부재의 원칙 어긴 것 인정했고, 대리투표 한나라당에서 야당 부정투표 있었다는 걸 여야가 공히 인정했다. 회기가 바뀌지 않았나? 그럼 재상정해서 처리했으면 될 문제다.

정기국회가 예산국회라고 해서 안 된다고 하면 내년 임시국회에 재상정하는 것으로 합의했으면 되는 거다. 7월 22일 그 장소에 있었던 분들, 그 장소를 지켜본 사람이라면 절차상 하자가 있었다는 것에 대해 아니라고 답할 수 있는 사람은 없다고 본다. 그러면 국회 스스로가 그 절차상의 하자를 치유했어야 한다. 치유할 노력을 했어야 한다.

이번 사태는 우리 의회정치가 가지고 있는 본질적 문제라고 본다. 우선 7월 말 사건은 우발적으로 일어난 것이 아니다. 지난해부터 지속적으로 한나라당은 절차와 시간을 정상적이지 못한 절차를 밟았고 의견을 제시했다. 한나라당은 의회의 절대다수 의석을 가진 거대 정당이다. 그런데 문제를 이지경까지 끌고 왔다. 국회의 정치적 책임은 의석수에 비례한다.

야당에게 책임이 없다는 게 아니다. 절대다수 의석을 가진 한나라당은 정상적인 논의와 절차를 진행했어도 충분히 법을 처리할 수 있는 힘을 갖고 있음에도 이런 사태를 만들었다. 이는 절대다수 의석을 가지고 있는 한나라당의 책임이 의석수만큼 크다 할 수 있다.

헌재는 법적 판단을 하는 곳이다. 비선출 기관인 헌재에 자꾸 정치적 판단을 의뢰하는 것은 정치 스스로 권위를 깎아먹는 것이다. 비선출 기관에 의뢰하는 것은 자제돼야 한다.

우리 사회 현안에 대해서 중심을 잡는 건 정치다. 정치가 중심을 잡고 사법권의 경우 큰 줄기에서 어긋나는 것, 잔가지 치면서 가이드하는 게 사법부의 역할이다.

이런 관점에서 접근하지 않고, 정치가 해결 못하는 문제를 헌재로 보내고, 다시 받아서 논란이 되는 이런 상황은 적어도 국회에서 만들면 안 된다.

3분의 2의 의석을 가진 정당이 더 책임지는 게 대표성의 원리다. 국회 안의 리더십 수준이나 더 많은 의석을 가진 한나라당이 이 문제에 대해서 더 이상 왜곡된 해석을 하지 말고, 다시 미디어법 상정하면 충분히 해결 가능한 문제다. 한나라당이나 국회의장, 국회 소속원들이 문제 해결을 먼저 나서는 게 지금 수준에서 가장 빠른 길이다.

[3] 신율 교수(정치학자, 명지대 정치외교학과)

"민주주의 과정을 경시하는 풍조 우려", "자신감은 아닌 걸 아니라고 하는 게 자신감"

10.26사태가 있고, 30년이 돼서 많은 언론으로 부터 박정희 대통령을 평가해 달라는 부탁을 받았다. '하면 된다' 이것은 우리 민주주의에 크나큰 장애로 남게 돼버렸다.

'할 수 있다, 하면 된다' 라는 조어는 우리 민주주의에 과정의 중요성을 경시하는 풍조를 만들었다. 이 세상에 해서는 안 되는 일도 있고, 할 수 없는 일도 있다. 이런 걸 억지로 되게 만들어서는 안 된다. 자심감은 아닌 걸 아니라고 하는 게 자신감인데 우리 사회는 이 자신감이 왜곡된 게 아닌가 한다. 우리 정치 과정을 왜곡시킨 게 아닌가 싶다.

지금 헌재 결정을 둘러싸고 헌재가 얘기했던 조항들, 과정에 관한 문제다. 민주주의에 있어서 과정의 중요성은 새삼 강조하지 않겠다. 이것과 연관된 문제가 안상의 대표의 교섭단체대표 연설에서 나왔다. 개헌 이야기다. 안 대표는 1987년 체제에 입각해 만들어진 헌법을 이제 손봐야 한다고 말했는데, 헌재가 지적한 정차적 정당성 결여를 놓고 봤을 때 과연 1987년 체제, 민주화 운동의 체제 극복을 얘기할 수 있나 하는데 웃음이 나왔다.

이번 사태를 보면 87년 체제의 극복을 얘기할 때가 아니라 완성을 어찌 할까 얘기해야 한다. 87년 체제 거론하면서 개헌 얘기하는 건 정치학을 전공한 사람으로 배경이 뭘까 궁금할 정도다. 문제로 지적하지 않을 수 없다.

김 교수 얘기처럼 헌재는 위헌·위법 상태 해소를 명령했다. 국회의장은 마땅히 이 문제를 해결해야 한다. 그런데 문제는 여기서 끝낼게 아니다. 헌재는 분명 대리투표가 있었다고 인정을 했다. 대리투표에 대해 엄중한 처벌이 필요하다고 본다.

대의 민주주의에서 대리투표는 국회의원이 국민이 맡긴 주권을 오남용한 것이고, 절도 행위다. 일반국민이 대리투표를 하면 처벌받는데, 헌법적 기관이라는 국회의원은 더욱 강하게 이에 대한 책임을 느껴야 한다.

대리투표가 문제가 된 게 이번이 처음이 아니다. 2005년 사학법 처리과정에서 한나라당은 열린우리당이 대리투표 행위를 했다고 권한쟁의 심판을 청구했다. 그런데 당시 헌재는 대리투표를 한 행위에 대한 증거가 없음으로 대리투표가 있었다는 것을 인정할 수 없다고 했다. 그런데 이번에는 명백히 대리투표가 있었다고 인정했다. 따라서 이에 대한 책임을 져야 하는 것이다. 또한 위장전입, 세종시 문제도 그렇다. 우리가 만들어낸 기준을 훼손하는 문제가 계속 발생한다. 기준을 바꿔야 한다는 이야기가 나온다. 위법 기준의 혼란의 시대다.

그런데 우리가 바꿔야 할 것은 기준이 아니다. 우리가 계속 붙들고 잘 지켜야 하는 게 기준이다. 대리투표에 대해서는 명확히 처벌을 해야 한다.

국회의장이나 당시 현장에 있었던 이윤성 부의장은 3부 요인이라고 불릴 위치에 있는 사람들이다. 우리 의회 민주주의의 미래를 위해 그날의 일을 사과해야 한다. 그게 대한민국 의회 민주주의의 미래를 책임져야 할 직책에 있는 사람들의 의무다.

[4] 최상재 위원장(언론인, 전국언론노동조합)

"불법성 주장한 시민사회 승리", "반드시 재논의를 이끌어내야"

이번 헌재 판결은 미디어법 불법성 문제가 명확하다고 주장한 시민 사회의 승리다. 그러나 헌재 판결은 헌재가 가지는 특수성을 인정하더라도 헌재 판결이 비겁하고, 무책임하다는 비판을 피할 수 없다.

뒷이야기를 하자면, 헌재가 청구인이 청구 취지에 대해 인정을 하되 법률의 효력은 인정하는 판결을 할거란 소문이 취재기자들 사이에 나왔고, 11월에 효력이 발생하는 방송법과 내년 2월에 효력이 발생하는 신문법은 기간의 차이가 있으니, 다른 판결이 나올 거란 전망이 나왔다. 그런데 정확하게 맞아떨어졌다. 결국 헌재가 정치적 판단을 한 것이다.

헌재는 87년 민주화 항쟁의 중요한 상징 중 하나다. 군부독재 시절 정권에 예속된 사법부의 독립을 염원하는 국민의 바람이 담겼다고 본다. 그러나 헌재가 구성과 운영에 이르기까지 아직 정치적 독립을 이루지 못하고 있는 것 같다. 헌재의 정치적 독립을 강하게 확보할 수 있는 범사회적 고민과 결정이 있어야 한다.

"재논의해라, 고쳐라" 구호로만 그쳐선 안 된다. 반드시 결과로 만들어내야 하는 사안으로 나눠 볼 수 있을 것 같은데. 야당이 언론 악법 주장과 구호에 그치는 게 아니라 실제적으로 관철시켜야 한다. 야당 민주당 쪽에서 소수 야당으로서 무력할 수 있을지 모르겠다 벌써부터 한 발 빼는 것 같은 자신감 없는 모습 염려스럽다.

한 번 복기해 보면 좋겠다.

사학법, 노동법 재개정했다. 여당이 스스로 결정한 게 아니라 법적 정당성 일부 확보한 야당의 치열한 투쟁의 산물이었다. 따라서 이런 과정 되돌아본다면 민주당이 어떤 자세와 어떤 활동해야 할지 명백히 판단할 수 있다고 본다.

60% 넘는 국민의 지지를 받고 있다. 두 개의 중요한 칼을 쥔 입장이니 의석수 적다고 패배적인 태도 보일 필요 없다. 민주당을 비롯한 야당의 강력한 투쟁, 언론의 관심과 정확한 보도, 헌법·언론학 전공 전문가들의 지속적인 여론 형성, 시민들의 뚜렷한 반대의사와 행동 등 4가지 요소가 잘 결합해서 반드시 재논의를 관철시켜야 한다.

[5] 전병헌 의원, 정세균 대표, 이미경 사무총장 등 민주당의 입장
"끈질기게 부단히 노력해 재논의 반드시 이끌어 내겠다"

지금까지 헌재가 내린 이런저런 결정들에 대해서 국민들이 크게 납득한 적은 많지 않다. 그럼에도 불구하고 많은 경우에 지난번 집시법 등 헌재가 기여한 측면도 있는데, 그렇게 나름대로 헌재가 쌓아온 그런 성과와 기록이 이번 언론 악법과 관련해서 책임 회피적인 결정을 함으로서 상당 부분 훼손된 것 같다.

아직도 헌재에 대한 패러디가 멈추지 않고 있다 하니 이번 헌재 결정으로 인해 입을 헌재의 위상손상을 생각하면 안타깝고 유감스럽다. 국가적으로 헌재도 벌써 20년이 넘는 그런 역사를 갖고 있고, 대단히 중요한 기관이 돼 있는데 왜 이렇게 애매모호하고 정치적인 이해관계로부터 자유롭지 못하고 결단을 못했을까 아쉽기 짝이 없다.

그러나 본질은 헌재를 규탄하는 게 아니고 헌재가 얘기한 신문법과 방송법에 대한 불법, 위헌을 어떻게 치유할 것인가 하는 게 본질이다. 그리고 헌재의 규탄에 머물러서는 아무 의미가 없다. 헌재가 법에 대한 유·무효 판결을 회피했지만 절차상 명백한 불법 지목한 데 대해 주목할 필요가 있다.

제1야당 민주당은 헌재가 신문 방송법에 대해 명백히 법을 어겼다고 판결한 데 대해 그것을 국회에서 치유하는 후속조치가 이뤄지도록 할 책무가 있다고 생각한다. 물론 혼자 할 수 있는 일은 없다.

결국 국민 여러분의 성원과 지지, 격려와 함께 이뤄질 수 있다고 생각하는데 헌재 지적에도 불구하고 그것을 후속조치를 이뤄내지 못하면 그 책임 또한 대단히 크다는 게 저의 인식이기 때문에 아주 끈질기고 집요하고 가능한 모든 방법을 동원해서 재개정이 이뤄지고, 헌법적 가치가 존중될 때까지 절대 우리 투쟁의 수위를 낮추거나 투쟁의 끈을 놓아선 안 된다는 생각을 갖고 있다.

그런데 거대 여당, 공룡 한나라당이 있고 오만과 독선과 독주가 지속되고 있어서 그렇게 쉽게 재개정할 수 있을 것으로 생각 안 한다. 아주 험난하고 어려운 길 앞에 놓여 있다고 생각하기 때문에 이 부분에 대해서는 은근히 끈기를 가지고 집요하게 우리가 노력할 때 우리의 역할을 해낼 수 있다고 판단하여 그러한 노력을 하고자 한다.

＊위의 내용은 발표의 요약본이기에 본래 발언자의 취지에 조금 다를 수도 있다는 점을 말씀드립니다. 풀 동영상은 민주당 트위터에 가시면 보실 수 있습니다.

감사합니다.

＊2009. 11. 4

'정권 나팔수 방송'
어디서 본 듯한 데자뷰

잊혀질 듯, 잊혀졌던 기억이 되살아난 것 같습니다. 어디서 많이 본 듯한, 마치 오래전 꿈속의 이야기들이 현실에서 벌어지고 있습니다.

민주 정권 10년의 대통령을 지지한다고 방송에서 방송인들이 방송에서 자리를 잃고 있습니다. 지난해 윤도현 씨가 하차를 했고, 심야토론과 라디오 시사 프로그램을 날카롭게 진행했던 정관용 씨가 방출됐습니다. 이제 김제동 씨도 방송에서 나가라고 몰아내고 있습니다.

이게 지금 우리의 공영방송, 한국방송공사 KBS의 현실이고 현 주소입니다.

요즘 KBS 뉴스 보신 분 계십니까? PD저널리즘에 따른 시사 프로그램은 이미 없어진 지 오래고, 뉴스에서조차 실체적 진실에 대한 언급은 전혀 없고, 사건에 대한 나열만 있습니다.

신뢰도가 떨어질 수밖에 없습니다. PD저널리즘이 사라지고, 실체적 진실에 대한 언급이 없는 사건의 나열이 우리가 말하는 뉴스가 맞습니까? 아닙니다. 그건 그냥 '속보' 스트레이트 기사일 뿐이고, 보도자료일 뿐입니다.

자, 이제 뉴스와 저널리즘을 없앴으니 다음은 어딜까요? 네, 연예·오락 프로그램 차례입니다.

이것도 어디서 많이 본 듯한 모습입니다. 기억 속에 아련히 멀어졌던 구태한 행태, 언론과 방송 통제를 정권 연장의 수단으로 썼던 3, 4, 5공화국 군사정권 시절의 모습이 2009년도 대한민국에서 재현되고 있습니다.

어찌 보면 그리 오래전 일도 아닙니다. 우리 예술문화에 대한 사전심의, 사전검열이 사라진 건 겨우 15년 전입니다. 1995년이죠. 사전심의제도 하에서 우리는 무수히 많은 예술작품을 잃었고, 누더기가 됐습니다.

지난해 KBS 시청자위원회는 9월 말부터 10월 11일까지 매일같이 KBS 9시뉴스 메인 단독 꼭지로 이 대통령 발언을 보도한 것을 들면서 "땡전뉴스의 회귀에 대한 우려가 기우가 아님을 보여줬다."는 발언까지 한 바 있다. ⓒ미디어오늘

1975년 문화공보부에서는 '공연물 및 가요정화 대책'을 발표하고 6개월 만에 국내 가요 223곡, 외국가요 260곡을 금지곡으로 만들어 버립니다.

당시 대중가요는 핵폭탄을 맞았습니다. 1974년작 한대수 씨의 데뷔 앨범 〈멀고 먼길〉, 1975년작 신중현과 엽전들의 〈미인〉, 송창식의 〈고래사냥〉 등은 대표적으로 소급 적용된 금지곡들입니다. 사전검열제도를 만들면서 모든 노래를 제작 당시가 아닌 현재의 상황으로 평가하는 행태도 저질렀습니다.

보도에 있어서 '땡전뉴스'라는 말보다 쉽게 편하게 확 들어오는 것도 없을 겁니다. 미디어법을 날치기 시도하고, 지속적으로 방송장악을 노리는 것은 이명박 대통령판 '땡전뉴스'를 만들려고 하는 것과 다름없는 것입니다.

영화의 수준에 대한 비평은 좋지 않지만
어쨌든 군사정권 시절의 문화예술 환경을 풍자한 영화. ⓒ네이버 영화

연예·오락 프로그램이나 드라마에 대한 '데자뷰'는 유신시대로 거슬러 올라갑니다.

1974년 긴급조치, 1977년 드라마 기준 선정, 코미디 프로그램 폐지, 1978년 외화 사전심의 결정, 장발 연예인 TV 출연 금지의 통제정책을 줄줄이 내놓게 됩니다.

이러한 통제는 사실상 5공화국인 전두환 정권이 끝날 때까지 이어지게 됩니다. 사실상 지금과 같은 방송 환경을 만든 것 역시 1987년 6월 항쟁을 통한 민주주의 쟁취에 있었습니다.

줄줄이 정권 나팔수로 전락한 KBS에서 적출되듯이 쫓겨난 방송인들을 보면서 그 시절 그때의 사전검열을 떠올리는 게 과장일까요? 그것은 이 글을 읽으신 분의 판단에 맡길 문제입니다만, 마치 오래전 기억의 ‘데자뷰’처럼 현재의 방송인들이 쫓겨나는 것이 아니길 바랍니다.

어쩜 그렇게 속이 좁고, 치졸한지 모르겠습니다. 제발 좀 우리 상식적으로 적당히 합시다. 적당히 말입니다.

무엇이 그리 무섭고, 두려워서 다른 사람도 아닌 방송인들을 방송에서 몰아내는 것입니까?

방송인 김제동 씨.

“속 좁게 굴지 맙시다.” 자꾸 잊혀진 기억 속에 희미한 ‘데자뷰’가 살아오는 듯합니다.

* 2009. 10. 12

이거 뭥米,
우왕좌왕 MB 정부 쌀정책

요즘 세상에 '농자천하지대본(農者天下之大本)'을 말하면 "시대에 맞지 않는다.", "요즘 같은 세상에 누가 농사를 짓겠나.", "농사는 힘들고 돈은 안 된다."라는 말을 쏟아낸다.

그러나 시대가 변해도, 농업의 규모가 축소되도, 우리는 밥을 먹고 산다. 고기와 밀가루만으로 살아갈 수 있나? 적어도 대한민국에서 그런 사람은 없을 거다.

시대가 변해도 농업은 천하의 사람들이 살아가는 큰 근본이 된다. 우리네 먹고 사는 것이 모두 농업의 생산물이기 때문이다.

이명박 정부가 '치수'를 말하면서 4대강 사업을 추진하고 있지만, 예로부터 '치수'는 '농업'을 위한 것이었을 정도로 국민의 식량관리는 그 무엇보다 중요하다.

요즘 신문 기사를 보면 이명박 정부의 식량관리가 엉망진창인데다, 북한의 문제까지 덧붙여져 우왕좌왕하고 있음을 알 수 있다.

이명박 정부의 쌀 관리정책이 '우왕좌' '엉망진창' 라는 것은 하루 사이에 나온 두 기사만 봐도 충분하다.

2009년 9월 18일 문화일보 1면과 2009년 9월 19일자 서울신문 3면 이다.

쌀 재고 대란, 소비 줄고, 북에는 못 주고, 버릴 수는 없다!! ⓒ문화일보

잔뜩 쌓아놓고 또 매입, 관리비용은 천문학적으로 늘어만 간다. ⓒ서울신문

현재 정부가 비축하고 있는 쌀이 56만 톤 가량이다. 민간부분이 26만 톤. 기사에 따르면 쌀을 보관하는데 들어가는 비용이 10만 톤당 313억 원, 84만 톤을 보관하고 있는 비용만 2,566억 원이란다.

올해 역시 풍년이다. 1인당 쌀 소비량은 15년 사이 3분의 1이 줄었다. 1995년 1인당 105킬로를 소비하던 우리국민들은 이제 1인당 75킬로만 소비한다. 재고량은 늘고, 소비량은 줄고. 당연히 쌀 가격은 떨어질 수밖에 없는 상황이다.

이명박 정부가 이러한 총체적 난국에서 내놓은 방법이 벼 매입 자금(예전 같으면 추곡수매 자금을 말한다)을 9,184억 원(2008년)에서 1조 원으로 늘려 242억 톤을 매입하는 것이다. 오호통제라, 문제는 올해 생산량이 정부의 예상량을 대폭 상회하는 풍년이라 쌀 가격이 내려가는 것을 막기 힘들다는 것.

또한, 242억 톤을 매입했을 때 현재와 같은 쌀 소비량이라면 내년 이맘때는 정부 쌀 비축량이 100만 톤을 넘게 된다. 그러면 관리비용만 3,130억 원이다. 10만 톤의 10배라 계산하기도 편하다.

우리의 마지막 남은 식량 자원이 쌀이다.

근시안적 대책에, 눈 가리고 아웅하는 대책이다. 지난번에 쌀국수 공장에 가서 쌀국수를 부흥시키고자 했던 거대한 구상은 어디로 갔나?

여기에는 북한의 문제도 있다. 인도적 지원으로 북한에 지원하는 량이 30억 톤 정도다. 지난해와 올해 심각한 경색으로 한 톨도 안 갔다. 북한과의 관계가 정상적이었다면 2,000억 원을 아꼈다는 얘기다. 산적하는 비용만 지불하면 현재 정부 비축량은 0톤이라는 계산이 되기 때문이다.

북한에 퍼줬다고 맹비난하더니, 인도적 지원 끊어서 대한민국 세금만 2,566억 원을 날린 꼴이다.

수매의 지원 문제에서 소비량 재고의 문제로 대책을 세워야 한다. 수매량을 늘리면 이를 활용할 방안도 정부가 세워야 할 대책이다. 쌀국수도 좋고, 쌀빵도 좋고, 쌀음료도 좋고, 쌀과자도 좋다. 정부가 다양한 쌀음식들 개발에 집중적 노력을 해야 한다. 쌀음식 문화권 인구가 전세계 인구의 절반이 넘는 30억 명이다. 획기적인 쌀음식 개발은 대한민국의 좋은 수출자원이 될 수 있다.

이러한 점들을 잘 유념해서, 정부의 근시안적 쌀대책보다는 미래기획 차원의 설계가 있어야 한다.

* 2009. 9. 19

KBS 수신료 인상에
숨겨진 속내

KBS 수신료 인상 문제로 시끌시끌합니다.

관련해서 832호로 전화를 주신 분도 계십니다. 시민께서는 "블로그에서 본 것처럼 색깔 없고, 재미없는 KBS 보지도 않는데 5,000원씩 내야 됩니까? 저는 못 내겠습니다. 수신료 인상 좀 막아주세요."라고 하소연했습니다.

KBS의 방침은 현재 2,500원인 KBS의 TV 수신료를 4,500원~5,000원으로 인상해 현실화한다는 것으로 굳어졌습니다. TV 수신료는 전기세가 고지될 때 같이 발급되는 세금으로 거두어지고 있어서 이 문제는 모든 가구에 해당하는 이야기입니다.

현재 KBS가 수신료를 통해 걷어 들이는 수입은 2008년도에 총 5,468억 원입니다. 이를 기준으로 4,500원으로 인상하게 되면 수신료 수입은 1조 원으로 상승하게 됩니다. 1조 원의 수신료는 분명 KBS 경영과 방송 품질에 있어서 개선될 방향이 생깁니다. 그러나 급속한 수신료 인상은 결국 일반 서민생활에 부담이 될 수 있다는 측면에서 볼 때 충분히 고려돼야 합니다.

더욱이 이 문제의 이면에는 이명박 정부의 일관영(一官營) 다사영(多私營) 방송체제 구축의 의도가 숨겨져 있습니다.

이명박 정부는 7.22날치기를 시도한 언론 악법을 통해 조중동 족벌신문과 대기업, 외국 자본에게 방송시장 진출을 열어놓고, 이들의 방송시장 진출을 돕기 위해 KBS1 TV를 제외한 모든 채널을 사영화 하려는 의도를 갖고 있습니다. 이 의도의 결과물이 바로 TV 수신료 인상이 포함된 공영방송법입니다.

TV 수신료 인상 문제가 계속 거론되는 것은 이러한 일관영 다사영 방송체제에 대한 의도를 뒤로 살짝 감추기 위한 것으로 볼 수도 있습니다. 연막을 치고, 시선을 돌리고 스리슬쩍 추진하려는 것이죠.

이명박 정부나 한나라당에서 추진하는 KBS를 위한 TV 수신료 인상과 다사영 모델의 공영방송법은 90년대 초반 신자유주의 물결이 거세게 몰아친 영국의 모델을 그대로 차용한 것입니다.

90년대 들어서면서 영국은 BBC를 제외한 지상파 공영방송을 대기업 자본이나 외국 자본에 매각합니다. 현재 우리의 MBC라 할 수 있는 당시의 영국의 채널3 ITV는 외국 자본에 매각이 됐습니다. 다른 지상파 방송인 채널4와 채널5 역시 국내·외 거대 자본에 매각했습니다.

20년이 지난 영국이 선택한 일관영 다사영 형태는 지금 어찌됐을까요?

네, 간단하게 이야기해서 BBC 빼고 모두 망했습니다. 채널이 없어진 것은 아닙니다. 공영방송을 사들였던 외국 자본들이 채널을 통해 발생하는 손실을 감당하지 못하고 모두 손을 뺐을 뿐입니다. 공영방송으로 잘 운영되던 회사들이 모두 부도처리 상태까지 간 것입니다.

지금 BBC는 연간 9조 원에 가까운 수신료 수입을 올리고 있습니다. 그러나 수신료의 3.5%를 외국 자본과 대기업 자본에 매각됐던 채널3 ITV와 채널4 방송에 나눠주고 있습니다.

채널3 ITV가 이런 지원을 해 주지 않으면 제대로 된 방송을 할 수 없는 상황이기 때문입니다. 폴란드 자본이 갖고 있는 채널5는 현재 50~60년대 헐리우드 싸구려 상업방송을 틀어대는 지상파가 됐습니다.

수신료 인상을 통한 KBS 1TV의 강력한 경영지원, KBS 2TV, MBC, EBS 등의 지상파 공영방송을 대기업, 족벌신문, 외국 자본에 넘겨주는 형태는 이미 영국의 사례로만 봐도 완벽하게 실패한 시스템입니다. 이런 망한 시스템을 이명박 정부가 차용하려는 것입니다.

일관영 다사영이 실패하게 된 가장 큰 원인은 '공공성' 이 생명인 방송이 자본에 넘어가 방송의 본래 목적 '공공성' 을 잃어버리고 '돈' 에만 모든 걸 몰두하게 되기 때문입니다. 신뢰를 잃은 방송은 국민의 사랑을 받을 수 없습니다. 최근 KBS의 신뢰도가 떨어지고 있는 것처럼 말이죠.

혁신은 없고 수신료에 안주하려는 안이한 모습의 KBS.

정권으로부터 독립하려는 노력은 없고 무색무취의 매력 없는 방송이 돼버린 KBS.

갈수록 그 신뢰도를 잃어가고 있는 KBS.

이런 KBS를 위해 4,500원에서 5,000원에 이르는 TV 수신료를 매달 부담할 수는 없습니다.

더욱이 그 뒤에서 족벌신문, 대기업, 외국 자본에 국가의 공공재를 팔아넘기려는 이명박 정부와 한나라당의 의도는 반드시 저지시켜야 합니다.

KBS의 TV 수신료 인상 논란 뒤에 숨어 있는 이명박 정부와 한나라당의 시커먼 의도를 꿰뚫어 봐주시기 바랍니다.

일관영 다사영 방송체제는 이미 실패한 시스템입니다. 이런 실패한 시스템에 국민들의 세금이 이용 되어서는 안 됩니다.

* 2009. 9. 9

"미디어법에 반대하시는
이유가 무엇입니까?"

　아직도 많은 분들이 전화와 게시판, 쪽지 등을 통해서 한나라당 미디어법을 반대하는 이유가 무엇인지를 물어옵니다. 단순히 "반대를 위한 반대가 아니냐." 하는 질문을 던지시는 분들의 주류이시고, 일부는? "일자리 생긴다는데 왜 반대를 하느냐." 하시기도 합니다.

제목	전병헌 의원은 방송법 개정반대 의견 솔직히 밝혀야 한다.		
이름		날짜	2009-07-30 19:20:33	조회/추천 49/0
이메일			

　TV화면에 나오는 국회 분회의장 행태를 보면 정말 가슴이 답답하다. 최근 2.30년동안 사법고시인원 확대, 의과대학 정원확대, 공인회계사 양산, 금융기관 완전 경쟁체제도입등 우리 사회 거의 모든 분야가 국민 또는 소비자 중심으로 경쟁체제제를 도입하여 써비스 질이 엄청 업그레이드 되었다고 본다. 1980년도 초반 신군부에 의하여 개정된 신문방송법을 민주당이 그토록 목숨걸고 반대하는 진짜 이유는 무엇일까.

　현행 KBS,MBC,SBS 지상파 3사의 독과점 체제를 왜 그토록 고수하려고 하는가, 전의원은 마치 국민대다수가 법개정에 반대하는 것 처럼 여론조사 내용을 인용하여 국민을 잡고 있는데 정말 그럴까, 여론조사 내용은 조사취지라른가조사문항의 토씨 하나만 달리해도 결과는 엄청나게 차이가 나는 것은 삼척동자도 다 아는 사실인데

만일에 만일에 여당이 야당처럼 법개정의 당위성을 신문 방송이나 가두집회를 통하여 국민들에게 어필할 경우에도

여론조사 결과가 같을까.

　반대하는 진짜이유는 이렇지 않을까.

제목	미디어 법에 대하여 질문있어 올립니다.		
이름	palgye	날짜	2009-07-27 20:07:31	조회/추천 29/0
이메일			

안녕하세요..

미디어 법에 대하여 상당한 반대를 하고 계신데,

이유가 궁금합니다.

앞으로 우리 앞에 일어날, 미래에 발생할 일에 대하여 그 결과를 책임지지 못할거 같아서 반대를 하신다면

그 모습이 어떠하기에 반대를 하십니까?

기초상식이 모자라서 잘 이해가.... 어렵네요...

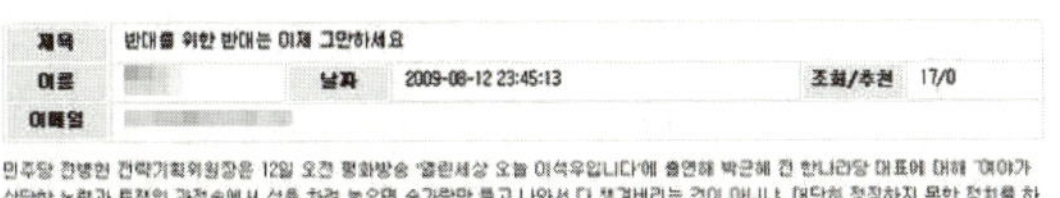

많은 토론회와 매체와의 인터뷰를 통해 수없이 밝혀왔던, '한나라당의 미디어법'을 '언론 악법'이라 부르고 반대하는 이유를 다시 한번 정리해 봅니다.

적어도 10가지 이유 이상은 말씀 드릴 수 있을 거 같습니다. 전병헌 블로그에서 한나라당 언론관계법을 '언론 악법'이라고 부르고, 원천무효를 주장하는 이유는 다음과 같습니다.

첫째, 방송주권을 '아무 이유 없이' 내준 것입니다. 이는 자칭 보수라고 말하는 현 정부 스스로 그들의 가치를 파괴하는 행위이자, 심각한 국익 손실입니다.

• 한나라당의 미디어법에는 종합편성PP 20%, 보도전문PP 10%를 외국 자본에게 허용했습니다. 이러한 내용은 한미 FTA 협상에서 끝까지 지켜낸 방송주권, 보도주권을 '아무 이유 없이' 허용해 준 것입니다.

• 전병헌 의원은 "한나라당과 민주당이 사실상 마지막 협상을 할 당시에도 이 문제만은 거저 내줄 것이 아니라 충분히 대가를 받거나 일정한 옵션을 통해 충분한 장치를 만든 뒤에 하는 것이 옳지 않느냐고 잠정적으로 합의된 바 있다."고 말했습니다. 그런데 한나라당이 7.22날치기를 시도하면서 이러한 방송주권을 '밥그릇'을 스스로 걷어찼습니다.

• 종합편성과 보도전문채널의 '보도'는 여론 형성에 크게 작용합니다. 여론 형성에 있어서 외국 자본, 외국의 논리에 국민의 여론 형성의 주체가 빼앗기는 것은 논점이 흐트러지는 결과를 초래할 수 있습니다.

YTN에 보도된 방송주권 문제. ©YTN

둘째, '지상파'는 국민의 혈세로 만들어지는 '공공재'입니다. 신문이나 대기업은 '사주 개인'의 사유물처럼 운영되는 상황입니다. 공공서비스가 자본을 만나면 공공적 요소는 붕괴됩니다.

• '공공재'[公共財, public goods]는 정부 재정에 의하여 공급되어

모든 개인이 공동으로 이용할 수 있는 재화 또는 서비스를 말합니다. 현재의 지상파 방송은 이처럼 국민이 내는 세금으로 정부 재정에 의하여 국민 모두에게 공급되는 공공서비스입니다.

• 더욱이 '한나라당의 미디어법'이 이뤄지기 위해서는 2012년까지 예정돼 있는 지상파 디지털 전환 작업이 마무리가 되어야 합니다. 정부는 2009년 4월에 2012년까지 지상파 텔레비전의 디지털 전환을 위해 '지상파 텔레비전방송의 디지털 전환과 디지털방송의 활성화에 관한 특별법'을 제정했습니다.

• 이 특별법에 의해 정부는 지상파 디지털 전환에 필요한 비용을 지원토록 돼 있습니다. 그리고 주파수를 사업자에게 판매하는 형태입니다.

• 지금 SK텔레콤이나 KT가 사용하고 있는 '주파수'는 국가가 재원을 마련해 놓은 '공공재'입니다. 그런데 어떻습니까? 휴대폰 요금 절대 '인하'하지 않고 있습니다. 매년 공공재를 이용해 수천 억의 이윤을 창출하면서도 '단가가 0원'에 수렴하는 문자서비스를 건당 30원씩 받고 있습니다.

• 영국의 사례에서도 찾아볼 수 있습니다. 영국하면 대표적으로 떠오르는 방송국은 어디입니까? 네 BBC입니다. 이 BBC는 KBS와 같이 수신료를 통해 운영되는 방송국입니다. 1990년대 신자유주의 바람이 영국을 강타했습니다. 미디어산업에 자신이 있다고 판단한 영국이 방송시장을 개방했습니다. 지금은 어떨까요? BBC 빼고 전멸했습니다.

• 한국의 MBC와 같았던 영국의 채널3 ITV는 신자유주의 바람으로 외국 자본에 매각됐다가 2조 원의 적자를 내고 파산했습니다. 이를

지금 BBC의 수신료를 보조해서 운영토록 하고 있습니다. 그런데 이마저도 '스카이뷰' 라는 미국의 언론재벌 루퍼스 머독의 위성방송을 대여해 운영하고 있는 실정입니다. 국가 재원이 소요된 채널3 ITV의 그나마 수익금은 루퍼스 머독이 가져가고 있습니다.

• 영국의 지상파 채널5. 현재 폴란드 자본이 소유하고 있습니다. 채널5에서는 현재 60년대 할리우드 싸구려 상업방송을 사들여와 송출하고 있는 상황입니다. 말 그대로 자본의 논리에 휩싸인 '공공서비스' 는 더 이상 국민을 위한 방송이 아니게 된 상황입니다.

방송법 시행령 규탄 토론회에서 영국의 사례를 설명해 주고 있는 김승수 교수.

셋째, 행정·사법·입법기관 다음으로 권력의 4부라 불리는 언론이 '자본' 에 넘어가면 돌이킬 수 없게 됩니다. 미디어법은 권력기관을 규정하는 민주주의 근간을 이루는 법이기 때문에 과학적 근거에 의해 이뤄져야 합니다.

• 언론은 권력을 감시하는 역할을 하지만, 오늘날에 있어서는 스스로도 권력화가 가능할 정도로 막강한 힘을 발휘하고 있습니다. 따라서 이러한 권력기관은 한 번 만들게 되면 이를 없앨 방법이 없습니다.

미디어법은 한 번 만들어지면 바꿀 수 없는 불가역적 성격의 법입니다. 따라서 그 논의는 철저하게 과학적이고, 오랜 시간 국민의 여론 수렴과장을 거쳐야 합니다.

• 그럼에도 불구하고 한나라당이 얼렁뚱땅(표결이 시작되기 전에 제출도 되지 못한 상황임.) 만들어버린 미디어법. 이는 한국 민주주의 근간을 흔들어 놓는 법입니다.

• 자본에 넘어간 언론의 행태의 예는 수도 없습니다. 미국 디즈니사가 소유한 abc에서는 '디즈니의 부정회계를 공개 보도' 했다는 이유로 대표 간판 시사 프로그램을 폐지하고, 보도한 기자도 퇴직시켰습니다. 과거 삼성이 소유한 중앙일보와 동양방송은 '사카린 밀수사건' 에 대해 변명과 해명 보도로 일관했습니다. '대천 앞바다 기름유출 사건' 에서도 중앙일보의 보도는 지극히 사주 편향적이었습니다.

• 민주주의 근간을 이루는 언론 제4부가 '개인이나 그룹' 의 이익을 위한 보도를 하는 것은 '소외된 계층, 소수 계층, 지방' 의 목소리를 앗아오는 일입니다.

지역방송국과의 인터뷰, 지역언론은 풀뿌리 민주주의에 있어서 꼭 필요한 존재.

오바마 미국 대통령은 상원의원 시절 "신방겸영은 소수의 목소리를 앗아가는 것" 이라고 했습니다.

넷째, 미디어법이 창출한다는 경제적 효과 자체가 날조된 통계로 이뤄진 것으로 정확한 통계수치를 도입하면 도리어 '신문방송겸영' 으로 일자리가 줄어드는 결과가 나타납니다.

• 한나라당과 정부는 그동안 언론 악법 강행처리의 명분으로 미디어 분야 규제를 풀면 2만 개 일자리가 생긴다고 주장했습니다. 그 근거가 된 것이 국책연구기관인 정보통신정책연구원(KISDI)이 작성한 보고서였습니다. 그런데 그 보고서의 기본적인 수치가 사실과 다르게 왜곡되어 있음이 속속 드러났습니다. 오히려 관련 규제를 풀면 일자리가 줄어든다는 사실을 거꾸로 증명해 보인 것입니다.

• 이런 일들이 어떻게 국책연구기관에서 벌어질 수 있는지 분노하지 않을 수 없습니다. 단순 실수라고 주장하지만, 왜곡 조작을 지시한 정권 차원의 압력이 없었는지 반드시 진상규명할 것입니다.

• 미국의 신문방송겸영 사례를 보더라도 기자, 아나운서 등의 일자리가 줄어드는 것으로 나타났습니다.

최시중 위원장은 GDP통계가 잘못됐다고 인정했습니다.

- 위에서도 길게 설명했습니다만, 언론관계법은 민주주의의 근간을 이루는 법입니다. 그런데 그 법을 몇몇 소수에 의해서만 날조됐다는 것을 누가 인정할 수 있겠습니까? 한나라당이 만들어 제출한 '신문 등의 자유와 기능보장에 관한 법률 전부개정 법률안'과 '방송법 일부개정 법률안' 등은 수정안이란 탈을 쓰고, 본회의에 직권상정됐습니다만, 투표가 시작된 이후에도 제출되지 않았습니다. 결국 몇몇에 의해 밀실에서 만들어진 것입니다.

- 국회는 거수기가 아닙니다. 제대로 검증도 되지 않은 법을, 아무도 제대로 보지 못한 법이 민주주의 근간을 흔들어서는 안 됩니다. 이 문제는 여와 야를 떠나서 국회가 입법부로서 그 기능을 제대로 발휘할 수 없게 자승자박한 꼴입니다.

- 이러한 행위는 '국회법 95조의 안에 대한 수정동의는 그 안을 갖추고 이유를 붙여 의원 30인 이상의 찬성자와 연서하여 미리 의장에게 제출하여야 한다.'를 위반한 것입니다.

- 전 국민이 생방송을 통해 지켜보고 있었습니다. 이윤성 부의장은 투표 종결을 선언했고, 전광판에는 그 결과가 명시됐습니다. '방송법'은 재석 145명으로 과반에서 3명이 부족해 부결된 것입니다.

• 한나라당의 추태와 치명적 실수는 이곳에서 발생합니다. 그 자리에서 바로 다시 투표를 한 것입니다. 이는 명백히 '국회법 92조 부결된 안건은 같은 회기 중에 다시 발의 또는 제출하지 못한다.' 를 위반했습니다.

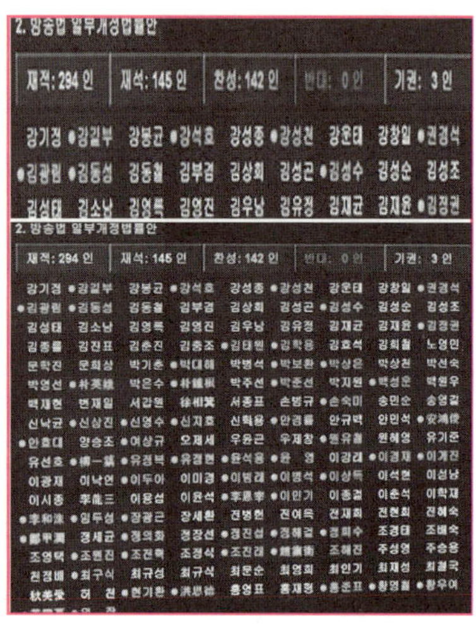

방송법 일부개정 법률안은 명백히 재석의원 부족으로 부결입니다.

일곱째, 대리부정투표, 사전부정투표 등 불법 행위가 난무한 법안에 대해 인정할 수 없습니다. 7.22 본회의장에서 처리된 법안들은 비정상적 행위들이 난무해 원천 무효된 법안입니다.

• 몇몇 한나라당 지지자분들께서는 이런 말씀을 하십니다. "민주당이 막아섰으니까 그런 거 아니냐?" 이 질문에 반문하고 싶습니다. "막아선다고 불법 행위를 자행하면 됩니까?"

• 민주당이 집권하던 시기에도 직권상정은 있었습니다. 한나라당이 극렬히 반대하고 나섰던 법안들이었습니다. 그러나 그때 의석수

차이가 얼마입니까? 민주당이 140여 석, 한나라당이 120여 석이었습니다. 불과 20명 차이였습니다. 그런데 지금은 어떠합니까? 한나라당이 170여 석, 민주당이 80여 석입니다.

• 예전에는 이러한 불법행위들을 찾아볼 수 없었습니다. 그런데 이런 막대한 의석 차이를 두고도 한나라당은 대리부정투표는 물론, 사전부정투표까지 저질렀습니다. 이를 인정할 수 있습니까? 당연히 못합니다.

• 다원주의 국가에서 복수정당제를 채택하는 이유는 정책에 대해 서로간의 의견 충돌이 발생하면 국민들에게 묻고, 토론하고, 합의하는 기간을 가지라고 있는 겁니다. 특히, 민주주의 근간을 이루는 언론관계법은 외국에서도 2년 이상의 논의기간을 거칩니다.

• 이 모든 것을 무시하고 불법적인 행위들로 밀어붙인 한나라당 미디어법은 절대로 동의할 수 없습니다.

대리부정투표 의혹을 발표. 사전부정투표 영상.

- 신문시장을 독과점하고 있는 조중동에 대한 여론 영향력 평가, KBS MBC SBS 뉴스에 대한 여론 영향력 평가 제대로 이뤄진 적 있습니까? 없습니다. 지금까지 나온 결과들은 단순한 개인의 의견을 물어본 수준에 지나지 않습니다. 정확히 몇 부가 발부되고, 시청 점유율이 얼마인지 개별 시장에 맞게 영향 평가를 해야 합니다.

- 이러한 과학적 여론 영향력 평가 위에 미디어법이 만들어져야 합니다. 그래서 신문방송이 겸영을 하게 되면 얼마나 여론 형성에 영향을 미치는지도 예측해야 합니다. 이런 과학적 근거 위에서 국민적 합의를 얻어내야 합니다. 외국에서 미디어법 논의에 오랜 시간이 걸리는 것은 이러한 과정을 거치기 때문입니다.

- 민주당에서는 지속적으로 이러한 부분에 대해 지적했음에도 한나라당은 작위적 해석을 통해 말도 안 되는 미디어법을 내놓았습니다. 시청점유율과 시청률은 엄연히 다르고, 구독점유율과 구독률은 엄연히 다른 개념입니다. 그럼에도 이러한 개념에 혼선을 일으키게 하고는 얼렁뚱땅 넘어가려고 합니다.

- 박근혜 전 대표가 말했던 것은 '시청점유율과 구독점유율을 통해 매체 합산' 이었습니다. 그러나 한나라당 미디어법에는 '구독률' 로 바뀌어 있습니다. 이는 악의적으로 '점유율' 과 '절대비율' 의 개념을 혼동을 일으키게 한 행위입니다. 인정할 수 없습니다.

- 다시 논의해야 합니다. 정확한 과학적 조사를 선행한 이후에 그

에 맞춰서 미디어법은 다시 논의돼야 합니다.

아홉째, 민주주의 근간이 되는 미디어법임에도 불구하고, 한나라당이 7.22날치기를 시도한 미디어법은 내용부터 절차까지 어느 것 하나 정상적이지 않은 입법부의 존립 자체를 흔들리게 만들어 놓았습니다. 국민 70%가 반대한 한나라당 미디어법은 '원천 무효'입니다.

• 어느 것 하나 정상적인 것이 없었습니다. 한나라당에 자유선진당, 친박연대, 무소속까지 200여 석의 절대 권력을 가졌음에도 정상적인 것 하나도 없이, 불법으로만 가득했던 7.22 본회의장. 인정할 수 있습니까? 이러한 행위들을 인정한다는 것은 국회 자체의 존립을 흔드는 일입니다.

• 내용상으로도 절차상으로도 한나라당 미디어법은 폐기되어야 맞습니다. 국회법을 무시했고, 국가의 언론주권을 아무 이유 없이 내준, 오로지 족벌신문과 대기업만을 위해 국민의 이익과 목소리를 저버린 한나라당 미디어법은 원천 폐기되어야 합니다.

"언론 악법 원천 무효!!"

* 2009. 8. 31

민주주의
우리 '손'으로

　언론관계법은 민주주의의 근간을 이루는 법입니다. 언론은 이미 권력 4부로 불릴 정도로 막강한 권력을 지니고 있습니다.

　그런데 한나라당의 언론관계법은 결국 이러한 권력 4부를 대기업, 족벌신문, 외국 자본에 넘겨주는 것밖에 되지 않습니다. 더욱이 이러한 언론관계법은 한 번 바뀌면 다시 제자리로 돌려놓을 방법이 없는 불가역적법입니다.

　그래서 선진국의 경우 논의 기간도 2년은 기본이 될 정도로 오랜 시간 국민 여론 수렴 기간을 거칩니다. 한나라당이 언론관계법을 내놓은 지는 길어야 6개월밖에 되지 않았으면 이번에 날치기를 시도한 언론관계법은 날치기 시도 당일날 본회의가 시작된 이후에도 제출이 되지 않았을 정도로 '밀실·졸속' 입법된 것입니다.

　절차상으로 '대리부정투표, 사전부정투표, 일사부재의 원칙 위배'라는 중대한 위법 사항들이 줄줄이 발생했습니다.

많은 시민들이 원천 무효 서명운동에 참여하고 있다.

많은 시민들이 이러한 원천 무효에 동참해 주고 계십니다. 동작구
민 께서도 가시는 걸음 잠시 멈추고 서명에 동참해 주셨습니다. 깊이
고개 숙여 감사 드립니다.

무더운 날씨에도 불구하고 잠시 바쁜 걸음 멈춰주신 동작구민들께
다시 한 번 감사의 인사를 전합니다. 감사합니다.

* 2009. 8., 10

대한민국 어머니의 하소연, 음료수,
그리고 눈물

민주당이 100일간의 '국민 대장정'에 나섰습니다. 헌정사 초유의 재투표, 대리부정투표로 얼룩진 '언론 악법 원천 무효'를 제대로 알리고자 정세균 대표 이하 민주당의 모든 당원들은 국민의 속으로 뛰어들었습니다.

동원이나 일방 홍보가 아닌 서로 함께 듣고, 함께 생각하는 시간에 나섰습니다.

28일 100일간의 대장정의 시작점은 영등포역입니다. 이곳에서 전병헌 의원을 비롯 정세균 대표와 최고위원들이 국민과 함께 호흡했습니다.

전병헌 의원이 전단지를 나눠주며 만난 많은 시민들 중 인상 깊어 잊혀지지 않는 '세 분의 대한민국 어머니'가 있었습니다.

    정감 넘치는 충청도 사투리로 민주당 의원들 손을 꼭 잡고 하소연을 내쏟은 어머님. "100일 동안 이렇게 하면 한나라당 애들이 알아주데요? 이명박 정부가 들어줄 꺼 같어유? 이 더운 날 고생만 죽어라 하는거 같아서 안타까워서…" 걱정과 함께 상식이 통하지 않는 이명박 정부와 한나라당을 질타하며 하소연을 쏟아냈습니다.

    "마이크를 줘유. 내가 할 말이 아주 산더미여. 이명박 정부하고 한나라당 서민, 서민 말로만 서민타령하고 아주 죽겠어."

손수 음료수를 건네시던 어머님, 너무 고마웠습니다. 그 어떤 영양제, 비싼 식품과 비교도 안 되는 시원하면서 따뜻함이 듬뿍 담긴 맛이 났습니다. 힘은 당연 10배로 솟아오르게 했던, 작지만 소중한 음료수였습니다.

어머님, 아주 감사히 잘마셨습니다.

그리고…

"이명박 정부가 이번 언론 악법을 밀어붙인 건, 그저 다 먹겠다는 겁니다. 조중동이 낮에는 신문하고 밤에는 방송뉴스해서 한나라당이 앞으로도 쭉 계속 다 먹겠다는 겁니다.

조중동이 언제 서민의 목소리를 들어준 적 있습니까? 민생을 말하면서 "내 남편이 죽어가고 있다."고 울부짖는 쌍용차 아내들을 무정하게 외면하고 몰아낸 한나라당이 서민의 마음을 어루만져 준 적이 있습니까?

저들은 80년 광주에서 학살이 일어나고 있을 때, 우리의 무고한 민초들이 군화에 짓밟히고 '민주주의'를 외치며 아스라이 꽃을 떨어뜨릴 때 그것을 잘했다, 잘한다고 호도하며 외면했던 이들입니다.

대한민국 1%를 대변하고, 그들의 목소리에만 귀기울이는 대기업과 족벌언론에게 모든 것을 다 내주겠다는 겁니다. 지방의 소리, 약자의 소리, 소수의 소리 모두 외면하고 오로지 1%만을 위한 이들에 모든 걸 내줘서는 안 됩니다."

마지막으로 한 어머니의 눈물도 있었습니다.

3. 불통의 시대, 저항을 말하다

잊지 않겠습니다. 가슴에 새기겠습니다.

27일자 YTN의 돌발영상을 보셨나요? "민생, 민생, 민생, 오로지 민생"을 외친다던 한나라당 대표.

"목소리만이라도 들어줘라. 제발 살려 달라." 목 놓아 눈물짓는 쌍용차 부인들의 손을 끝끝내 걷어찼습니다. 왜 안 만나주셨나요? 그네들의 요구를 다 이뤄주지 않아도, 만나주고 따뜻하게 위로하고 손잡아줄 수 있는 거 아닙니까?

그게 힘듭니까? 용산에서 국민 6명의 죽음도 외면했으니, 살아서 "살려 달라"고 외치는 이들의 목소리 외면하는 건 일도 아닌가요?

쌍용차 문제 원천적으로 해결하는 것만이 민생이 아닙니다. 그 안에서 무수히 아파하고, 괴로워하고, 눈물짓는 국민, 그것도 바로 코앞까지 찾아온 어머님들의 손을 잡아주는 것만으로도 '민생'이 될 수 있는 겁니다.

그렇게 철저하게 외면하는 모습은 결코 잊을 수 없습니다.

민주당의 '100일 국민대장정' 시작을 함께해 주신 모든 시민분들께 깊이 고개 숙여 감사 드립니다.

＊2009. 7. 28

의원회관 832호 전화에
불이 난 까닭은?

"경북 경주에 사는 김○○입니다.", "서울 서초구에 사는 최○○라고 합니다.", "예, 여보세요. 여기는 전북 남원인데요."

문방위 앞을 지키다가 잠시 복귀한 사무실. 전국 각지에 계시는 국민들로부터 전화를 받았습니다. 잠깐잠깐 자리를 지킨 제가 받은 전화만 다섯 통화가 넘었습니다. 아무래도 전병헌 의원이 민주당 간사 의원으로 미디어법 저지의 선봉장에 서 있어서 그런지, 많은 분들이 의원실로 전화를 주고 계십니다.

내용은 다양했습니다. 굵직한 목소리의 어르신도 계셨고, 힘내시라고 응원해 주신 아주머니분도 계십니다. 지역, 목소리만큼이나 말씀해 주시는 내용도 다양합니다. 격려해 주신 분, 위로해 주신 분, 전략을 지도해 주신 분… 등등… 그런데 한 가지 질문은 공통적으로 하십니다. 한나라당이 왜 미디어법을 이렇게 처리하려고 하는지에 대한

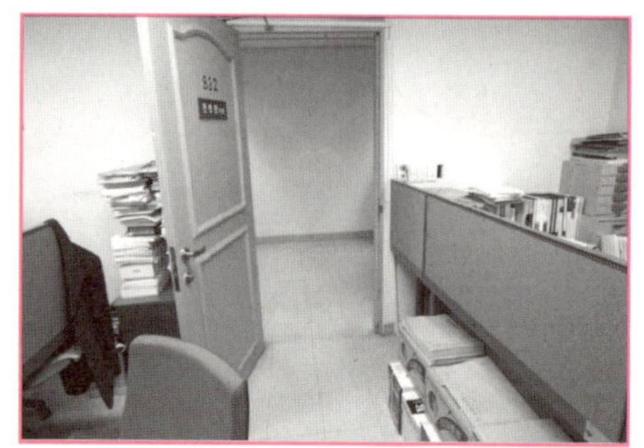

질문이었습니다.

이유는 한 가지 아닐까요? 전병헌 의원이 토론회나 브리핑을 통해 지속적으로 지적했던 문제, "한나라당이 자신들의 입맛에 맞는 뉴스만 나오게 하려는 방송장악용 법" 그 이상도 그 이하도 아닌 것 같습니다.

일자리 창출, 경제 효과는 이미 거짓임이 드러났습니다. 각종 조사 자료를 살펴보더라도 국민들은 방송 뉴스를 신뢰하고 있습니다. 민주당이 방송산업발전을 위한 미디어법을 내놓아도 한나라당은 거들떠보지도 않습니다.

엊그제 받았던 멀리 경주에서 목소리 굵직한 남자분께서 전화를 주셨습니다. "자신은 이명박 대통령을 뽑았다. 경제 살려 달라고 뽑은 거지 대운하, 미디어법 이런 거 하라고 뽑은 거 아니다. 한강에 빠져 죽을 각오로 막아야 된다." 아주 강한 어조에 흠칫했지만, 미디어법을 막기 위한 민주당의 각오는 그분 어조만큼이나 강합니다.

이강래 원내대표 역시 "현재 민주당은 한나라당의 미디어법 저지 총력 국면"이라고 말했습니다. 전병헌 의원을 비롯한 민주당 문방위 의원들은 24시간 문방위 앞을 지키고 있습니다. 도시락, 컵라면, 김밥, 커피를 무기로 24시간을 지키고 서 있습니다.

국회 본회의장과 별도로 문방위 앞에는 항상 민주당 문방위 의원 8인이 지키고 있습니다. 남부지역의 폭우로 재해가 발생했는데도 못 가고 발만 동동 구르는 의원들도 계십니다. 그러나 절대 문방위 앞으로 떠날 수 없기에 모든 걸 걸고 문방위 앞을 지키고 있습니다.

18일, 토요일 오전에 서초구에서 걸려온 전화였습니다. 한 정중한 목소리의 남성분이 물으셨습니다. "한나라당이 거짓말을 한다는데,

"그 일자리 생긴다는 것이 다 거짓말이라면서?"

왜 그런 거는 제대로 알리지 않느냐? 국민들은 그거 일자리 창출된다고 하는 사람도 많다."는 말씀을 주셨습니다.

맞습니다. 한나라당이나 정부가 일자리 창출한다고 홍보한 유일한 근거인 'KISDI 보고서'는 거짓이었습니다. 1차, 2차 보고서 모두 거짓말로 국민을 우롱하고 있습니다.

이에 대해 전병헌 의원을 비롯한 민주당 문방위 의원들은 기자회견은 물론, 언론과의 인터뷰, 방송토론회 등에서 지속적으로 문제를 지적해 왔습니다. 최시중 방송통신위원회 위원장은 공개적인 자리에서 이 문제를 사과했습니다.

그렇지만 "숫자야 어쨌든 일자리가 늘어난다.", "방송사 많이 생기면 일자리 당연히 생기는 것 아니냐?"라는 정말 후안무치한 태도로 국민에게 거짓말하고 호도하는 한나라당 의원들이 여전히 있습니다. 한 한나라당 의원은 15일 원포인트로 열렸던 국회 본회의에서 이미 거짓으로 드러난 KISDI 보고서를 여전히 인용하며 '미디어산업발전법'이라고 호도하는 일도 있었습니다.

그러나 방송산업에서 발생하는 대부분의 일자리는 '보도'가 아닌 '드라마'나 '예능' 프로그램을 통해서 발생한다 해도 과언이 아닙니다. 미국의 사례를 보더라도 보도의 경우는 신문 방송이 겸영을 하게 되면 도리어 일자리가 줄어듭니다. KISDI가 일자리가 늘어난다고 발표한 공식에 제대로된 수치를 대입하면 도리어 한국에서 신문 방송이 겸영을 하면 일자리가 줄어든다는 답이 나옵니다.

정부와 한나라당은 더 이상 거짓된 자료를 바탕으로 국민들을 호도하지 않기를 바랍니다.

충청도에 계신다는 여성분이 응원 전화를 주셨습니다. "힘든 거 안다. 그래도 어쩌겠느냐, 80명이든 8명이든 모든 걸 걸고 막아야 된다. 우리 국민을 믿고 막아 달라. 힘내세요." 큰 힘이 됐습니다.

전병헌 블로그를 찾아주시는 많은 분들도 응원의 메시지를 보내주십니다. 7월 17일 언론사들이 발표한 여론조사 결과를 보면 "국민 10명 중에 8명이 미디어법 직권상정을 반대" 해 주고 계십니다.

한나라당은 초거대 여당입니다. 한나라당 의석수만 180여 석이고, 한나라당에 가까운 성향의 의석수를 모두 합치면 200석입니다. 직권상정이라는 절대무기를 갖고 있는 국회의장도 한나라당 출신의 김형오 국회의장입니다.

민주당은 제1야당이지만 의석수는 84석입니다. 200대 84의 싸움, 문방위만 보면 한나라당 성향 의원이 20명이고, 민주당은 8명, 20대 8의 싸움입니다. 그러나 한 치도 밀리지 않겠다는 단호한 의지가 한나라당을 물러서게 하고 있습니다.

한나라당은 결국 20대 8의 문방위 싸움을 피했습니다. 24시간 결연한 의지로 문방위를 지킨 전병헌 의원을 비롯한 민주당 문방위 의원 8인의 힘입니다. 앞으로도 마찬가지입니다. 비록 전화주신 분들의 지역구 의원들은 대부분 한나라당이였지만, 결코 국민의 뜻은 지역구 국회의원 수와 같지 않다는 걸 알고 있습니다.

전화주신 분들에게 감사의 말씀을 전합니다. 앞으로도 많은 전화가 걸려올 것으로 생각됩니다. 전화주시는 분들의 소중한 뜻을 하나하나 잘 새겨서 더욱 열심히 막겠습니다.

한나라당은 소수 몇몇이서만 만들고 있는, 박근혜 전 대표도 "내용을 모르고 있다"고 말한 미디어법을 직권상정하려고 합니다. 있을 수도 없고, 있어서도 안 되는 일을 절대의석과 직권상정이라는 카드로 처리하려고 하고 있습니다.

전화주시지 않았지만, 직권상정을 반대하는 대다수 국민들이 힘을 주실 걸로 믿고 있습니다. 감사합니다.

* 2009. 7. 18

345일 만에
'용산 참사의 눈물'이 닦이는가

2009년 1월 20일 새벽, 살기 위해 남일당 옥상으로 올라간 5명의 주민과 진압을 위해 투입됐던 1명의 경찰이 화마에 휩싸였습니다.

1년이 다 되도록 이명박 정부는 꿈쩍도 하지 않고, 일관되게 '희생자 스스로가 자초한 일'이라는 입장을 펼쳤습니다. 사건 발생의 원인이 주민들에게 있다며 6년에 이르는 징역을 선고하기도 했습니다.

유가족들은 1년이 넘도록 냉가슴을 앓으며, 눈물의 시간을 지내야 했습니다. 유가족들은 뵐 때마다 무엇이 죄스럽고, 한스러운지 고개를 떨구기만 했습니다.

12월 30일 오전, 2009년을 하루 앞두고 "용산 참사 극적 해결"이라는 속보가 나오기 시작합니다.

서울시는 정오에 브리핑을 통해서 "용산 참사법국민대책위원회와 용산4구역개발조합이 보상 등에 관해 합의했다."며 "1월 9일에 장례를 치르기로 하고 장례비용과 유가족에 대한 위로금, 세입자 보상금

등을 재개발조합 측에서 부담하기로 했다.”고 발표했습니다.

용산 참사 유가족들은 항상 세상을 향해 죄지은 듯 고개를 숙이고 있었다.

보상금액이 얼마인지는 양쪽 모두 비밀에 붙이기로 했고, 언론에 거론되는 추정치는 총액 35억 원 정도라고 합니다.

우선 다행입니다. 너무 많이 늦었지만, 이제라도 합의점을 찾아서 보상과 장례식 모두 이뤄지게 됐습니다. 희생자 분들과 유가족분들 모두에게 진심으로 위로와 축하의 인사를 보냅니다.

이제는 편히 쉬시기를… 마음속 얼음을 내려놓으시기를…

또한 정부의 공식 사과문이 발표된다고 하니 그 점도 늦었지만 참 다행스러운 일입니다.

공권력은 국민으로 위임받아 국민을 관리하는 매우 특수한 권력입니다.

산타의 선물처럼, 시민단체, 종교계, 민주당의 줄기찬 노력이
헛되지는 않은 것 같습니다.

공권력은 참 특수한 권력입니다. 국가가 국민으로부터 위임받은 권력으로 국민을 통제하고 있는 것이니, 어느 순간에도 공권력의 특수성을 이해하고 그 행사가 최소한이 되어야 합니다. 지난 1월 20일의 무리한 진압은 분명 공권력의 과잉이었고, 책임자 당사자인 정부는 이에 대해 분명히 사과하는 것이 맞습니다.

　한 가지 더 원하는 것은 사건 책임자에 대한 엄중한 문책과 검찰이 끝내 공개하지 않은 3,000쪽의 수사기록 공개입니다. 이 부분들 꼭 이뤄질 수 있기를 바라고 이뤄져야 합니다.

　정부가 공식 사과문을 발표한다면, 해당 사건에 대해 정부의 책임이 있고, 문제가 있었다는 것을 인정한 것이기 때문에 그에 따른 조치들은 필수적으로 이행돼야 합니다. 재발방지대책에 대해서도 국회가 나서서 본격적으로 논의를 해야 합니다. 왜 이렇게 결과가 당연한 문제를 1년이나 끌어야 했는지, 이제사 돌아봐도 아쉽고, 아쉽기만 합니다.

　이번 극적 타결 역시 결국 어제 단독사면의 특혜를 받은 이건희 회장의 삼성물산의 주 시공자라는 측면에서는 네티즌들이 의혹의 시선을 보내는 것이 무리가 아니라는 생각도 듭니다. 여하튼 참 잘된 일입니다.

　정부와 서울시가 그동안 '철거민 과실'로 규정한 뜻을 굽힌 것이고, 많은 시민단체와 민주당을 비롯한 야당들이 끊임없이 지속적으로 주장해 온 것들이 받아들여진 것이기 때문입니다.

　이제와 해결이 되니, 지난 12월 24일 남일당에서의 희생자분들을 추모하고, 유가족들과 함께 예배드린 것이 참 마음 따뜻한 일이 된 것 같습니다.

　이제 다시는 정부의 공권력 과잉진압, 과잉대응으로 안타까운 희생자가 발생하지 않기를, 다시는 차가운 개발논리 앞에 서민들이 희생되는 '용산 참사'가 발생하지 않기를 기원합니다.

＊ 2009. 12. 30

전국이 날치기,
'날치기 바이러스' 광풍

"국회발(發) 날치기 바이러스 전국을 강타했다."

네티즌들이 헌재 판결을 비아냥거렸던 말들이 생각납니다.

헌법재판소는 7.22 한나라당의 날치기 시도를 "과정에서 위헌·위법 사항이 있다"는 헌법재판관 다수의 판단이 있었습니다. 그런 끝내는 시정논의를 "국회의장에게만 맡겨"놨습니다. "과정에 문제가 있었으나, 결과는 무효라 할 수 없다."

이 판결 때문일까요? 대리부정투표가 횡행했고, 일사부재의 원칙을 위배했으면, 68명의 사전부정투표가 있었음을 인정했음에도 결과를 무효화하지 않았기 때문일까요?

7월 22일 김형오 의장과 한나라당에 의해 만들어진 '날치기 바이러스'가 지금 전국을 대립의 장으로 몰아넣고 있습니다.

경기도 의회는 물만난 고기입니다.

반대의견은 묵살하기 일쑤고, 경기지방교육청 관할사항까지 자기들 마음대로 무조건 날치기입니다. 그래 놓고 교육감에 대한 행정감사를 한다고요? 날치기도 이런 날치기가 없습니다.

김형오 국회의장은 상대가 안 됩니다. 그래도 김 의장은 날치기가 부끄러운 줄은 알고, 의사진행권을 이윤성 부의장에게 넘기지 않았습니까? 그런데 경기도 의회 진종설 의장은 책상을 손바닥을 때려가면서 "아이들의 무상급식"의 꿈을 날려버렸습니다. 날치기도 이런 날치기는 처음 봅니다. 아이들 밥그릇 빼앗은 날치기를 하고 있으니 말입니다. 적어도 사람이 살아가면서 일말의 양심이라도 있을진데.

교섭단체 구성을 살펴보니 경기도 의회는 총 116명의 도의원 중 90%가 넘는 98명이 한나라당 소속이고, 민주당은 12명, 민주노동당 1명, 무소속 5명입니다.

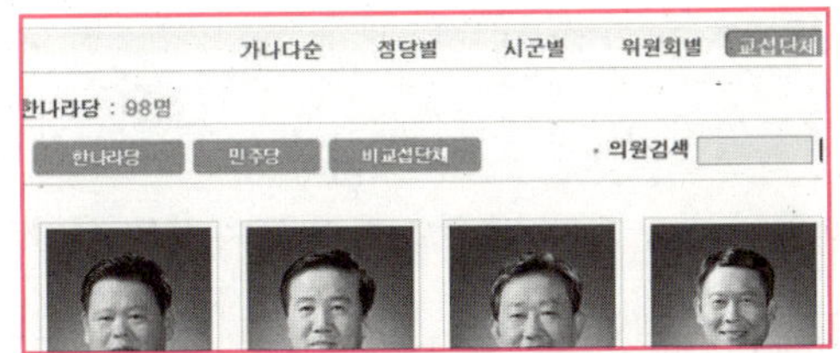

90%가 넘는 한나라당. 민주당 의원들의 분투가 눈에 보인다.

　뉴스를 통해 사진으로만 봤지만, 민주당 경기도 도의회 의원님들의 분투를 보고 있자니, 눈물이 눈앞을 가립니다.

　170 대 80으로 대치하는 것도 죽을 맛인데, 98명의 한나라당 의원들이 막아서고 12명이 막기 위해 뛰어다니다 지쳐서 날치기를 하는 걸 보자면 오장육부가 뒤집어질 겁니다.

　지난번에 이어서 이번에도 한나라당 경기도 의원들이 날치기한 것은 김상곤 교육감의 핵심공약인 '무상급식' 예산입니다. 도시지역 5~6학년 전체에 지원될 무상급식 예산 394억 원을 전액 삭감해 버렸습니다.

　"아이들 밥그릇 자꾸 빼앗지 마십시오. 5~6학년 학생들 얼마나 예민하고, 조심스러울 때입니까? 정말 답답하기 이를 데 없습니다."

밀치고, 날치고… 울분을 머금는다. ⓒ뉴시스

이번에는 제주도 도의회랍니다.

이곳은 '해군기지'가 문제가 됐습니다. 천혜의 관광섬, 대한민국 대표 관광자원이자 브랜드 제주도에 해군기지를 건설하는 문제를 날치기해도 됩니까 정말. 사정을 살펴보니 해당 지역 주민들은 2년 반 동안 반대운동을 해 왔고, 보상에도 문제가 많은 것으로 보입니다.

17일 제주도특별자치도 의회는 '절대보전지역 변경동의안'과 '제주해군기지 건설사업 환경영향평가서 협의내용 변경안' 2건을 날치기했습니다. 더욱이 '절대보전지역 변경동의안'의 경우는 재적의원 27명 중 18명이 찬성을 했는데, 이 역시 찬성수가 적어서 '일사부재의 원칙을 위배하고 재투표한 것'이랍니다.

'제주해군기지 건설사업 환경영향평가서 협의내용 변경안'은 재적의원 24명 중 21명이 찬성을 했답니다.

말이 됩니까? 조례 이름만 봐도 날치기한 내용이 뭔지 알 것 같습니다.

천혜의 땅 제주도의 '절대보전지역'을 해제하는 것이겠죠. 그래야 해군기지를 지을 수 있으니 말입니다. 문제는 환경영향평가가 '문제가 있다'로 나왔을 겁니다. 그러니 '날치기 변경'을 해서 '할 수 있다'로 바꿨겠죠.

참 이렇게까지 무도합니까? 김형오 의장, 한나라당 국회의원들이 한 행위를 이제, 경기도, 제주도 한나라당 지방의원들이 하고 있습니다.

한나라당 제주도당 위원장 부상일 씨는 "과정에 문제가 있지만 적법절차"라고 합니다.

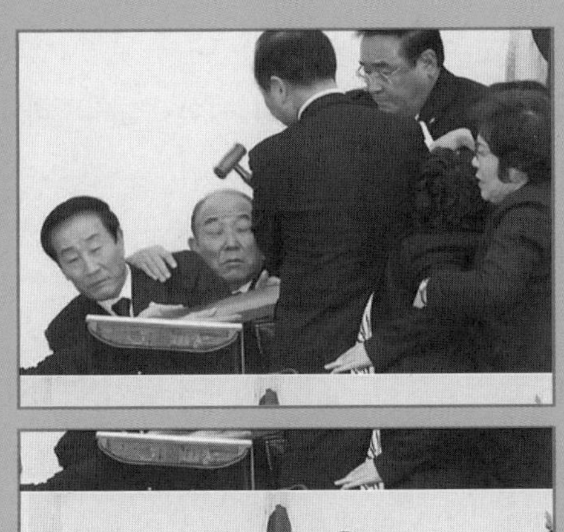

절대보전지역, 환경영향평가도 문제 있는데 날치기? 이거 참.
ⓒ뉴시스

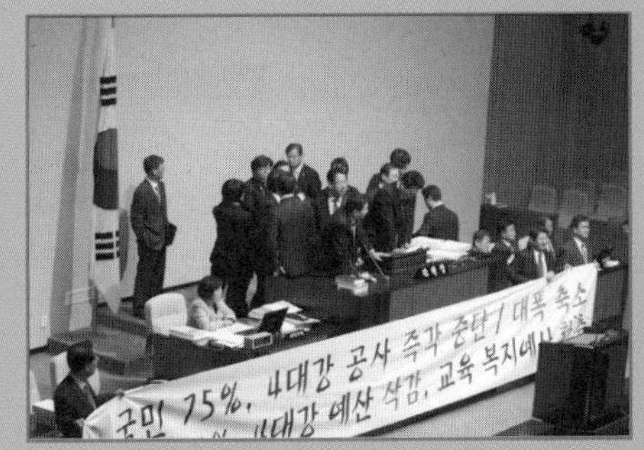

예산, 불법 4대강사업 예산만큼은 절대 날치기 불가입니다.

한나라당은 성남시 의회에서도 '통합안'을 날치기하려 하고 있습니다. 2010년 예산안, '불법 4대강사업 예산' 날치기하려 한다는 소리가 들려오고 있습니다.

"더 이상의 날치기 안 됩니다."

"더 이상의 법질서 위배는 안 됩니다."

법과 원칙이 바로 서는 나라? 이게 한나라당이 외쳐온 것 아닙니까. 이명박 대통령의 핵심 캐치프레이즈 아닙니까. 법질서를 스스로 어지럽히고 있습니다. 이는 위법행위보다는 위헌행위를 하고 있는 겁니다.

"날치기 바이러스 여기서 그만 끝내십시오. 절대다수 거대 여당답게, 조금이라도 양보하는 마음을 갖고 협상에 임하십시오."

"국민 75%가 반대하면 그것이 다수결의 원칙입니다."

* 2009. 12. 21